跟《紅樓夢》学诗词

从『香菱学诗』到『红楼雅集』

张一南 著

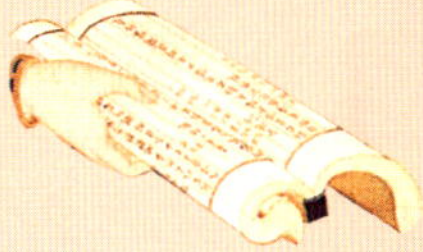

广州新华出版发行集团
广州出版社

图书在版编目（CIP）数据

跟《红楼梦》学诗词：从“香菱学诗”到“红楼雅集”/ 张一南著 . — 广州：广州出版社，2020.11

ISBN 978-7-5462-3127-3

Ⅰ . ①跟…　Ⅱ . ①张…　Ⅲ . ①《红楼梦》—古典诗歌—诗歌欣赏
Ⅳ . ① I207.411

中国版本图书馆CIP数据核字（2020）第203075号

书　　名　跟《红楼梦》学诗词：从“香菱学诗”到“红楼雅集”
　　　　　Gen *Hongloumeng* Xue Shici：Cong“Xiangling Xueshi”dao“Honglou Yaji”
著　　者　张一南
出版发行　广州出版社
　　　　　（地址：广州市天河区天润路87号广建大厦9、10楼　邮政编码：510635
　　　　　网址：www.gzcbs.com.cn）
责任编辑　司丽丽　何　旻
印刷单位　三河市祥达印刷包装有限公司
　　　　　（地址：三河市杨庄镇杨庄村　邮政编码：065200）
规　　格　787 mm × 1092 mm　　开本　1/16
印　　张　19.5
字　　数　300千
印　　数　1-8000册
版　　次　2020年11月第1版
印　　次　2020年11月第1次
书　　号　ISBN 978-7-5462-3127-3
定　　价　68.00元

发行专线：（020）38903520　3893521
如发现印装质量问题，影响阅读，请与承印厂联系调换

序言：《红楼梦》中的诗词文化

《红楼梦》就是清朝的《琅琊榜》？

这本书，是关于《红楼梦》中诗词文化的，旨在用《红楼梦》来讲诗词。也就是说我拿《红楼梦》中的诗词作为例子，来讲诗词文化和创作。

我只是一个《红楼梦》爱好者，我的专业是文体学，我现在是用文体学的眼光来看《红楼梦》。《红楼梦》中的诗词，对现在的我来说，是中国诗学的一个小小的截面，之所以选取这个截面，是因为它典型、赏心悦目而又为大家所熟知。

我讲"《红楼梦》与诗词文化"，其实是在讨论"《红楼梦》""诗词""文化"这三者的交集。对某些人来说，这三个词中的任何一个，都太过沉重了。但对我来说，这三个词都是亲切的、轻松的。所以，在正文开始之前，我想先谈一谈我理解的"《红楼梦》""诗词"与"文化"。

首先，我谈谈我心目中的《红楼梦》。

大家都知道，《红楼梦》是曹雪芹写的一部小说，这个小说不用我多介绍。我想说的是，我们应该把《红楼梦》放在一个什么位置呢？我们不必把它看得太高，当然更不能看得太低。

在我看来，首先，《红楼梦》是一本通俗小说；第二，通俗的作品往往体现着一个民族的文化，甚至体现得比精英文学还要深刻；第三，《红楼梦》是一本服务于清代中上等文化程度人士的通俗小说，里面的文化因素是以比较现实、比较合理的面目呈现出来的。有一些通俗小说，也不能说不反映民族文化，但它们反映民族文化的方式是歪曲的，需要我们花大力气，才能把它们所反映的现实还原出来。《红楼梦》虽然是通俗小说，但不是这样的通俗小说。

说白了，《红楼梦》就是那时候的《琅琊榜》，不过是个还不错的休闲读物罢了。

《红楼梦》跟《琅琊榜》还有一个特别重要的共同点，就在于它也是架空文，绝对不是写的某朝某代的事，只是每朝每代的事都能从里面找到点影子。这个“每朝每代”指的还主要不是明朝清朝。当时的人看《红楼梦》，就跟我们现在看《琅琊榜》一样，觉得是古代的事。你会觉得《琅琊榜》是现在的事吗？你肯定觉得《琅琊榜》是六朝的事，虽然六朝并没有这样的事。清朝人看《红楼梦》也是这样的，虽然曹雪芹有时候一不小心把清朝的事掺进去了，但是清朝人看《红楼梦》都不会觉得是清朝，他们也会觉得《红楼梦》是六朝的事，宝哥哥林妹妹都是古人。《琅琊榜》里能有多少六朝和唐宋的梗，《红楼梦》里就能有多少。曹雪芹是个读书人，不是什么高官，他更熟悉的是书，是我们今天也能看见的那个中古时代，而不是清朝政坛上的芝麻绿豆的事。《红楼梦》里能有多少清朝的事，参考《琅琊榜》里能有多少现在的事就好。

但是有一点，曹雪芹是曹寅的孙子。曹寅是个诗人，而且刊刻《全唐诗》是他主持的。曹寅别的事迹我不关心，我关心的是，曹雪芹跟杜甫一样，都是著名诗人的孙子，他们从小受到的诗学熏陶是很充分的。而且曹雪芹确实跟杜甫一样，对诗的形式特别感兴趣。他们不会本来想写个七律，凑半天凑不出来了，就写个五绝。七律干什么用，五绝干什么用，他们这样的人都是很有想法的。而且，《全唐诗》的编纂刊刻，对清代诗学的影响是巨大的，清朝人一看，哦！原来唐诗不止有李白、杜甫，整个唐朝的人玩诗，有这么多的玩法啊，那肯定对创作是一个推动。到曹雪芹这个时代，诗人们写诗的形式，受《全唐诗》的影响，特别是受中晚唐诗的影响，是很大的。当时写诗的风气，跟《红楼梦》里的风气，很多都是对得上的。从诗的角度看，《红楼梦》是反映曹雪芹这个时代的风气的，而这个时代本来就是学唐诗的。所以《红楼梦》里的诗，对我们研究清朝的诗和唐朝的诗，都很有启发。

我们看《红楼梦》，不用对它顶礼膜拜，但是要知道，曹雪芹是个写诗的行家，我们今天恢复传统的诗歌文化，要虚心向行家学习，去听听曹雪芹那时候是怎么说的，不能自己编出一个传统来。

什么是“诗”“词”“歌”“赋”？

接下来，我谈谈我对“诗词”的认识。

今天可能有人觉得，“诗词”是一个密不可分的名词，有一种叫“诗词”的东西，而且没有办法进一步分类，就好像“咖啡”不能再分成“咖”和“啡”一样。甚至可能有人觉得，凡是课本上学的古代的东西都叫“诗词”，古文也叫“诗词”。就有人跟我说，你给我推荐几首曹植的诗词看看吧。我说曹植只有诗，没有词。他听后好像不太高兴，觉得我有所保留。

其实“诗”和“词”是两种文体，它们都是特定的概念，诗和词是不一样的东西，古文也不是诗词。“诗”的意思，其实本来就是歌词。我们都知道一个说法，叫“诗言志”。什么叫“诗言志”呢？是说“诗歌表达的是我的志向”吗？其实这三个字最早的时候不是这个意思。它出自《尚书》，叫“诗言志，歌永言”。“诗”跟“歌”是相对的，“诗”就是歌词，“歌”就是谱子。一首歌里面，歌词是讲这首歌的意思，谱子是把歌词拉长了来唱的，也就是给歌词一个节奏，一个修饰，歌词和谱子分工不同，这就叫“诗言志，歌永言”，这句话最初的含义就是这么简单。

但是，后来随着时代发展，大家发现，有的歌词写得太好了，不用“歌永言”，不用唱出来，它本身就很好。所以就有一部分歌词从音乐里脱离出来，成了独立的艺术作品。我们后来大部分时间说的“诗”，是指这种脱离了音乐的，靠文字本身来吸引人的文学作品。专业术语叫“徒诗”，“徒”就是光着，光有诗。诗也是有音乐性的，但是诗的音乐性是文字本身的音乐性，跟音乐没什么关系了。

“诗”本来是歌词，后来它不是歌词了，但是我们还要唱歌，怎么办呢？我们就不管歌词叫“诗”了，改叫“词”了。“词”也是歌词的意思，因为“诗”已经不是歌词的意思了。

歌词在古代还有个名字，叫“乐府”。乐府本来是不用讲格律的，只要配合音乐好听就行。但是文人在学会写格律诗以后，还不过瘾，还想把歌词也加上格律。从唐朝开始，就出现了有固定格律的乐府。这种有格律的乐府，才叫“词”，就是我们说的“宋词”的“词”。没有格律的乐府不能叫“词”，还叫“乐府”。例如今天林夕写的歌词，我们也可以称之为“乐府”。

所以说，曹植那时候是没有词的，但是有乐府。真正有词，最早也要到李白那时候了。在盛唐到北宋这个盛产经典的时代，词是唱的，不能唱的一般称为诗。虽然后来这个区别不太清晰了，但是这个印象留在了人们记忆中。

再往后，这种讲格律的词也不唱了。我们有了新的音乐，也就有了新的歌词。词也成了念的了，跟诗的功能差不多了。所以我们今天会有“诗词”这个概念。

今天“诗”跟“词”的区别，主要在于词的句子是长长短短的，而且哪儿长哪儿短，有固定的格式。而诗要不就是一边齐的，要不就是自由的，没有固定格式。今天诗和词的区别，主要在于格式，不在于功能了。

但是，毕竟诗和词曾经是有区别的。所以我们今天写诗词的时候还是要注意这个区别，尽量把诗写得更纯文学一点，把词写得更像歌词一点。

除了“诗词”，其实还有个说法叫“诗词歌赋”。“诗词歌赋”合起来，才是我们旧体诗词的完整系统。那么这个“歌”和“赋”又是什么呢？

咱们先不说“歌”，先说“赋”。“赋”的形象我们都有印象，就是好像一篇大文章，但是特别重视形式美。“赋”的最早定义，叫“不歌而诵之谓赋”。就是说，不是用来唱的，是用来念的，就叫赋。因为那时候“诗”还是歌词呢。不是歌词，而是念的，就叫赋。这是汉朝人的观念。后来诗也成念的了，词也成念的了，按照汉朝人的观念，这就都叫赋。也就是说，汉朝人说的“赋”，就相当于我们今天说的“纯文学”，那时候的纯文学只有“赋”。

到晚唐的时候，中国文学就形成了赋、诗、词三级结构，这三种文体就同时存在了。这个文体结构非常稳定，直到在我写这篇文章的时候，还是这样的三级结构。这个三级结构为什么这么稳定呢？因为它满足了我们对诗的所有需要。我们对诗的需要是什么呢？我总结诗可以为我们做三件事。一个是歌颂，有些东西我们是要歌颂的，或者我们要写点庄重、高雅的东西；一个是私语，有时候我们自己想跟自己说说话，有些话想写下来藏在抽屉里，想记录一下我的人生经验，或者把我的学问放进去；第三个就是娱乐，有时候我想唱情歌，或者说点开心的话，说点很有意思的话。其实这三个功能，《诗经》里已经总结过了，叫“风、雅、颂”。“风”就是娱乐的功能，“雅”就是私语的功能，“颂”就是歌颂的功能。我们就需要诗为我们做这三件事。这个“赋—诗—词”三级结构形成以后，赋主要承担歌颂的功能，诗主要承担私语的功能，词主要承担娱乐的功能，这三个岗位都满了，我们就不再需要更多的文体了。所以更老的文体没有存在的必要了，新的文体也挤不进来了。我们旧体诗词靠这三个文体就自给自足了。我们今天一看就知道赋、诗、词不是一个东西，是因为它们长得不一样，形式上差别很大。关于赋的形式，我就说一点，赋也是要讲格律的。汉朝的赋不讲格律，是因为那时候没有格律这个东西，诗也没有格律。自从诗有了格律，赋也就要讲格律了，叫“律赋”。后来有人写古体赋，故意跟律赋的要求拧着来，拧着来也得是建立在知道律赋怎么写的基础上。

律赋的格律要求，跟律诗是一样的。尤其要请大家注意，赋也是要押韵的，古赋也押。换韵也不是随便换的，换一个意思，才能换韵，赋换一个韵，就跟我们写白话文另起一段是一样的。一个意思说完了，才能换韵，没说完，就不能换韵。所以我们今天给赋分段的时候，一定要看它的韵。换韵就一定要分段，没换韵就坚决不能分段。

赋、诗、词这三者中间，赋是最庄重的，词是最随便的，诗介乎二者之间。就好比说，词是睡衣——这个比喻是我跟林夕借的，他说过歌词是一个时代的睡衣——我们旧体诗词界的睡衣，就是格律词。睡衣穿着最舒服，最随便，甚至可以穿出风情来，但是只能在家里对着爱人穿，上台领奖不能穿。上台领奖得穿礼服，赋就是礼服。那介乎礼服和睡衣之间，还有各种各样的休闲装，诗就是休闲装。

那“歌”是什么呢?“歌”就是歌行，就是《葬花吟》这样的。我们现在一般把“歌”也算成“诗”，但是为什么“诗词歌赋”要把“歌”单提出来呢?因为“歌”不是“诗”，“歌”是独立于诗词赋之外的，跟诗词赋的地位是平等的。

原来我把“歌”当成“诗”的时候，一直学不会写歌行，因为我不知道写歌行要干什么。我觉得没有需要用歌行写的事。有的同学不会写赋，所以他就把比较长的、诗词里写不下的东西，放到歌行里。但是我会写赋，我就觉得写赋不就完了吗？就一直搞不清什么时候要写歌行。

后来我才理解，歌这种文体，其实是游走于诗词赋之间的精灵。它的名字叫“歌”，写的时候就得当成歌来写，其实还是歌词。歌行就是词的前身，纯粹的歌，还没有形成词的固定格式的时候，就是歌行。歌行兼有赋、诗、词的特点。它音乐文学的特点很鲜明，这一点跟词是比较像的，但是它不像词那样把格式固定下来了，它可以自由发挥，需要铺陈，这一点跟赋是比较像的，但是它是诗的形式，不是文章的形式，要写五七言，不能写四六文；它跟诗一样，是介乎赋和词之间的，但是走的不是一个路子，比诗要随便，稍微正经一点，就成诗了。要是非把诗和歌并在一起，也可以的，那就叫“诗歌”了。要拿穿衣服打比方，歌行就像我伏天在家穿的褂子。要当睡衣，穿着它上床睡觉也不拘束；要当裙子，穿着它出门取个快递也能见人；要当礼服，穿着它上台领奖，也说得过去。现在的人，拿着歌行当赋写的越来越多了。总的来说，歌行跟音乐文学的关系还是比较近的，更有万物之母的感觉。

另外，说歌行能让你自由发挥，不是说歌行没有格律，歌行也是讲格律的。歌行也跟赋一样，换一个意思得换韵；而且跟词一样，一定的格律是要表达一定感情的。除了这两条，诗守什么规矩，歌行就守什么规矩。所以歌行不是三家的法律都不守，而是三家的法律都要守。

歌行的规矩，后面会专门讲，这里你只需要知道，歌行是有讲究的。所谓自由，是让你自主选择，用什么样的形式来表达什么样的感情，不是我不会写就乱写。

什么是“文化”？

那么，“文化”又是什么呢？

我对“文化”的理解是：“本来不用这样，但是必须得这样。”

什么叫“本来不用这样，但是必须得这样”呢？比如说，穿衣服叫不叫文化呢？这得看情况。冬天穿衣服，就不叫文化，因为不穿衣服会冻死，这就不符合我说的，“本来不用这样”。又如你今天穿汉服来上课，叫不叫文化呢？也不叫文化，因为没人规定你必须穿汉服来上课，你来上课时不穿汉服，大家也不会觉得奇怪。这就不符合我说的“必须得这样”，所以这也不是文化。你穿汉服来，只是你的个人爱好。但是，你夏天来上课，不能光膀子，这就是文化。首先，它符合“本来不用这样”。因为夏天太热本来不用穿衣服。但你来上课就必须得穿，你光着膀子不符合校规，这就符合“必须得这样”。同时满足这两个条件，就叫文化，否则就不叫文化。

所以说，文化不是什么高不可攀的东西，就是我们在一定范围内，约定俗成的一种规则。因为它是“本来不用这样”，所以肯定是有一定范围的，在你们村是这样，换一个地方就不这样了，凡是文化，都不是自然规律，都没有必然性，你非不这样，那也不能怎么样。但是，一旦约定俗成了，就必须得这样了：你不这样，那么大家就没法一起玩了。

好比说，老北京有好多“穷讲究”，这个“穷讲究”就是文化。我们觉得老北京人很“事儿”，为什么“事儿”呢？就是因为他那些“穷讲究”，都是本来不用这样，但是他觉得必须得这样。为什么必须得这样呢？因为他觉得这样好玩，而且还能辨认你是自己人还是“外地人”。如果他辨认出来你是“外地人”，也不会把你打出去，但是他就会按“外地人”的标准要求你了。

其实不光老北京，每个人的家乡，都会有这样的“穷讲究”。你上的大学，也会有各种各样的校园文化，一看你说话做事的方式，就能知道你是新来的，还是“校园最熟悉面孔”。每个人现在待的环境，都有它的文化。所以不存在彻底“没文化”的人。你不懂这个文化，就必然懂另一个文化。不会因为你是这个文化中的，你就优越了，你不是这个文化里的，你就比别人差了。

但是每个文化的生命力是不一样的。如果一个文化的穷讲究比较有意思，这个文化里的人都让人看着觉得好，那大家就都愿意学这个文化，这个文化就延续下去了。如果一个文化的讲究比较反人类，大家看看都不愿意成为这样的人，都去学别的文化了，那这个文化就衰落了。

我讲诗词，讲的也是诗词的文化。我会讲，五律就得这么写，七律就得那么写。有人就会说，凭什么非得这么写，我就愿意那么写，你管得着我吗？我当然管不着你。我说的诗应该怎么写，都属于诗词文化，既然是文化，那就是

“本来不用这样，但是必须得这样”。文化都不是必然的，都是本来不用这样的，你不按我说的写，说到底也是可以的。但是既然成了文化，有几千年的语境累积，那就必须得这样了。

《红楼梦》是一部通俗小说，通俗小说承载着一个民族的文化。《红楼梦》里，一茶一饭都是文化。他写怎么喝茶，就是茶的文化；他写怎么斗嘴，就是斗嘴的文化；他写怎么谈恋爱，就是谈恋爱的文化。所以他写怎么写诗，也是写诗的文化。文化并不是什么玄妙的东西，就是一个习惯。比如喝茶，并不是说有了茶文化，茶就变成多么了不起的东西了，而是说，喝茶，必然就会有茶文化。《红楼梦》写的就是这样的生活琐事，是在这些生活琐事里的一般人的习惯。同样道理，写诗写了几千年，当然也会有一些共同的习惯。写诗当然不能算是生活琐事，但是《红楼梦》讲写诗，也是讲当时写诗的圈子里一般的习惯，这就叫诗词文化。

诗也有很多流派，每个流派的主张都不一样。《红楼梦》的诗词文化，是什么样的诗词文化呢？《红楼梦》里讲的文化，就是贵族文化。《红楼梦》里的诗词文化，也是一种贵族的诗词文化。贵族的诗词文化，是中国诗词文化的主流。中国诗学的架子，是在六朝和唐代搭起来的，六朝和唐代可以合称中古时代。中古时代是一个什么样的时代呢？那是贵族社会。所以中国诗学就是贵族诗学，这种贵族的气息，一直伴随着她活到今天。当然后来产生了很多流派，有的流派对这种贵族精神是一种反叛，但是贵族精神作为诗学的主流，一直保留下来。

大家不要一听“贵族”两个字就反感。贵族不是权贵，更不是有钱人的意思。一个人有钱有势，但是没有贵族精神，会被叫作“暴发户”，让人看不起。中国贵族的感觉，就是《红楼梦》里那种感觉。就是不管你有钱没钱，你往那儿一站，就让人觉得，这个人很美好，很优越，好像老天爷特别偏爱你，让你有什么地方就是比别人好，有一种超凡脱俗的感觉。这种超凡脱俗的感觉，是不可剥夺的，就算贾宝玉成了叫花子，他还是贾宝玉，还是让人喜欢。这种不可剥夺的东西，就让人心里觉得安全，觉得不管世界怎么变，总有一些美好的东西是不会变的。这种即使成了叫花子也透着比别人优越的劲儿，就是贵族性。贵族社会最终的追求，其实不是有钱有势，而是这种贵族性。贵族性不一定排斥没有钱的人，防范的其实是暴发户。

什么是好诗呢？能证明你不是暴发户的诗就是好诗。你符合贵族社会建构起来的诗歌文化，让人觉得你有一种不可剥夺的优越，那就是好诗。所以我们为什么要以诗取士呢？就是你的诗体现了你的贵族性，你就值得成为这个民族最重要的人。

贵族的诗歌文化，有一个重要的概念，就是“位”。什么样的形式，对应什么样的功能。五律是拿来做什么的，七律是拿来做什么的，都有一定的规矩。这个规矩就是文化，它不是天然的，是在漫长的历史过程中形成的。《红楼梦》就很讲这样的规矩。另外，什么样的人，会写什么样的诗，适合什么样的体裁，这也属于“位”。这其实并不神秘，就跟什么身份的人适合穿什么衣服，什么脸型的人适合留什么发型是一样的。中国的诗人在这上面也有丰富的经验。曹雪芹很熟悉这样的经验，他塑造人物，也是基于这样的诗词文化。在曹雪芹笔下，每个人写什么样的诗，跟其性格、身份都是相称的，这也是《红楼梦》的一个特点。

接下来，我们就进入这本书的正文，谈谈《红楼梦》里的诗词文化。谈谈什么人应该写什么诗，什么诗应该怎么写。

目录

香菱学诗：学诗攻略

什么人需要学写诗？ / 004

平仄虚实真的可以不对吗？ / 012

不要乱看参考书 / 015

什么叫“意趣”？ / 020

为什么不能学陆游？ / 023

五律为什么学王维？ / 029

七律为什么学杜甫？ / 031

七绝为什么学李白？五绝去哪了？ / 034

陶渊明好学吗？ / 036

后面几位都是谁？ / 040

怎样学诗？ / 046

什么叫“几千斤重的橄榄”？ / 050

别说话，去写诗！ / 054

前两首为什么不好？ / 060

第三首为什么好？ / 066

五律：什么时候写五律？

什么叫应制诗？　/ 076

什么人写五律？　/ 086

林黛玉应付得怎么样？　/ 090

贾宝玉的颂圣诗怎么样？　/ 096

贾元春为什么见不得“玉”字？　/ 104

《怡红快绿》好在哪？《杏帘在望》好在哪？　/ 110

另外几处五律　/ 117

排律：联句其实是什么？

联句是怎么回事？　/ 128

芦雪广联句：竞争推动演化　/ 131

凹晶馆联句：晚唐诗境　/ 145

歌行：歌行是什么人写的？

歌行要讲格律吗？　/ 150

歌行的格律要求：以《葬花吟》为例　/ 152

从《葬花吟》看歌行的四个元素　/ 158

“诗鬼”真会短命吗？　/ 166

生活在别处的女将军　/ 175

歌谣与评弹　/ 182

七律：最时髦的文体

命题作文大赛　/ 188

被“鄙视”的“红楼体”　/ 191

白海棠诗：社课与自我　/ 195

薛宝钗：冰雪之诗　/ 198

林黛玉：玉石之诗　/ 203

史湘云：第三种诗　/ 206

人淡如菊：男装的薛宝钗　/ 212

生反了的兄妹：贾宝玉与贾探春　/ 217

疏阔公子：男装的史湘云　/ 224

千古诗魂：男装的林黛玉　/ 228

吃螃蟹与咏螃蟹　/ 234

漂亮的红梅花　/ 241

七绝：文人的微博

林黛玉专属文体　/ 250

手帕上的眼泪　/ 252

女版咏史诗　/ 260

词：节奏的游戏

选词牌的学问　/ 272

流动拍：凄清感伤的词 / 280
静止拍："声调壮"的词 / 287

香菱

香菱学诗

学诗攻略

什么人需要学写诗？

我们讲《红楼梦》中的诗词文化，就从入门级的香菱学诗开始。

《红楼梦》里香菱想学写诗（第四十八回），就去请教林黛玉。林黛玉是写诗的行家，她教导香菱的那些话，不可以随随便便看过去，其实林黛玉就是给我们学写诗的人做了一个学诗的攻略，一步一步怎么学，说得都很清楚。

但是很多人看这个攻略，其实看不懂，因为他不写诗，也不关心怎么写诗，所以他看香菱学诗，就是看了一个持之以恒就能成功。其实持之以恒就能成功是通俗文学的叙述模式，并不是这个攻略想要告诉你的。说起来，写诗这个东西，天分很重要，并不是持之以恒就能成功的，香菱是天分很高的人，第三首诗就写成那样，这种天分反正我是没有的。这个攻略要告诉你什么，请听我一句一句给你讲。

第一个问题，什么人需要学写诗呢？不是每个人都需要学写诗的。谁需要学呢？香菱这样的人。香菱是什么样的人呢？这半回的回目叫“慕雅女雅集苦吟诗”，香菱是“慕雅女”，羡慕风雅的人。不要认为羡慕风雅的人都是不好的，羡慕风雅是一种向上的力量。只要这种努力是在你能力范围内的，就应该肯定。香菱这个人物就很可爱。

香菱这个人物，曹雪芹把她放在“金陵十二钗”的副册。警幻仙子的档案一共有三种：正册、副册和又副册。正册就是那些小姐出身的人，如林黛玉、薛宝钗等；又副册就是丫鬟们，如袭人、晴雯等。副册就一个人，香菱。有人就给香菱编出好多同党来，说副册另外十一个人还有谁谁谁，这就看得呆了。香菱的身份，就是介乎小姐和丫鬟之间。她生下来的时候本来是小姐，后来被人拐卖，就沦落为丫鬟了。所以她既不入小姐的正册，也不入丫鬟的又副册，

清 改琦《红楼梦图咏·香菱》

给她单有安排，这是曹雪芹的构思。曹雪芹也是提醒我们，有些人虽然运气不好，成了丫鬟，但是她的天资是跟黛玉宝钗一样的。

香菱的天资是不错的，她本来应该是跟黛玉宝钗一样的人，被拐卖了完全是运气不好。但是因为运气不好，她小时候没有受到黛玉宝钗那样的教育。所以贾宝玉一直很惋惜，说："可惜他这么个人竟俗了。"说"他这么个人"，就是说她天资本来不错，不应该是俗人。但是，她运气不好，只能做丫鬟的事，所以"俗了"。

怎么叫俗，怎么叫雅呢？在《红楼梦》里，雅的标志就是写诗。你看《红楼梦》里，最重要的人物，一般都是写诗的。贾宝玉、林黛玉、薛宝钗、史湘云都写诗。同样是小姐出身，贾迎春就不怎么写诗，她就没那么重要。这也是中国传统的观念，传统中国人对写诗有一种执念。过去我们说什么叫才子，他一定要会"吟诗作赋"。一般来说，你会写诗，才能被认为是一个比较有才的人。

我们说中国是诗的国度。中国为什么能成诗的国度呢？因为以诗取士。说以诗取士，容易给人造成一种误解，说唐朝人写诗写得这么好，就是因为高考要考。所以有一个衍生的结论，说中国足球要想好，只要高考考足球就行了。大家想想，如果现在改成高考考足球，会有什么后果呢？家长马上就造反了。老师也造反了，说我一直寄予厚望的尖子生不会踢足球。这就是中国的足球没有群众基础。大家都不认为会踢足球很重要，所以高考考足球这个政策就实行不下去。可见唐朝考试能考写诗，是因为先有群众基础，优秀的人才一般都会写诗，而且全社会都认为会写诗很重要，这个政策才能实行。所以说，不是因为考试考写诗，唐朝人的诗才写得那么好，而是因为唐朝人诗写得好，才有可能考写诗。在唐朝科举考写诗以前，中国人早就拿纯文学的创作当成衡量人才的标准了。

其实，狭义的以诗取士，也就是科举考试考近体诗，严格说来只有很短的一段时间。但是，如果说广义的以诗取士，就是我们更宽泛地看"诗"，则不限于近体诗，而扩展到纯文学，包括赋和八股文。同时更宽泛地看“取士”，则不限于科举考试，而扩展到一切人才选拔，如此则可以说中国从汉朝到清朝都是以诗取士。包括察举制和中正制，实际也是看诗的。因为这个制度虽然看人，但也是看你这个人怎么样，其实也是看你的诗。

这个大家不要觉得费解，其实用诗来看人是很准的。说不准的，都是不会看而已。因为看诗不是看政治正确，不是看说什么，而是看怎么说。也就是说，看形式，看技巧，看你怎么去运用语言，通过这些就能很快地看出你性格

清 陈枚《月曼清游图册·桐荫乞巧》

清 孙温《宝钗谈病配冷香丸 薛姨妈托周瑞送花 金钏周瑞笑香菱形》

的方方面面，当然，要有看诗的本事，你得经过长期的培训，这是一门很专精的学问，也就是所谓“诗学”。用诗来考察一个人的性情，是很方便快捷的，所以历朝历代都很重视这个。

所以说，写诗是个雅事，不是说你会格律，能写两句打油诗，就雅起来了，而是你不仅要写诗，而且诗还要体现出贵族性。你会写诗，就方便我考察你的人格，考察的结果，有可能你是雅的，也有可能你是俗的。所以如果你天生是个俗人，不像香菱那样天生是水做的骨肉，学了写诗整天就写一些俗诗，那就彰显了你的俗，还不如不会写诗，把你的俗藏起来。

你不会写诗，我也能发现你的贵族性，但是就要花费更多的成本。比如说王熙凤就不会写诗，但是她还是可以成为《红楼梦》里最重要的人物。因为她有政治才干，虽然不读经不写诗，但是人情练达，这就是子夏说的，“虽曰未学，吾必谓之学矣”。像王熙凤这样的人物，不写诗也是可以的。但是王熙凤是特殊情况，一般比较好的人，是要会写诗的。在一个崇尚写诗的时代，你学不会写诗，说明你很有可能是没有贵族性的。

所以什么样的人需要学写诗呢？王熙凤不需要，因为她有别的办法证明自己。傻大姐不需要，因为她没有那个天赋，不是应该写诗的人。薛宝钗、林黛玉不需要，因为她们从小的教育条件好，已经会写诗了。贾迎春也不需要，因为她不会写诗不是没条件学，而是没有天赋。只有香菱是需要学写诗的。因为她有那个天赋，是应该写诗的人，但是她从小教育条件不好，还不会写诗。就是香菱这个在副册里的人，不上不下，是需要学写诗的。

今天，我们每个在成年后学写诗的人，都是香菱。我小的时候，没有在家学写诗词的，都是上了大学才学。所以我们那个时代没有宝哥哥林妹妹，只有香菱。现在有些同学上大学以前诗就写得很好了，我们这个时代又有宝哥哥林妹妹了，但是还有一些同学，他们天赋也很好，也有学写诗的需求，但是还是需要到大学里来学写诗，他们就是香菱学诗了。

我们今天喜欢说，寒门难出贵子，那是不是小时候在家就会写诗的人就好，后学写诗的就不好呢？我要说诗这个东西，教养是有帮助的，但是教养在天赋面前不值一提。你从小没有学过写诗，还知道爱诗，有学诗的愿望，这就说明你有天赋。你从小会写诗，可能你是为了到大学来引起老师注意才学的，未必真的爱诗，那你就是贾迎春，并不比香菱更好一点。

香菱本来就是该学诗的人，这个不是运气不好挡得住的，所以她终于要学写诗了，贾宝玉也很高兴，说：“老天生人再不虚赋情性的。我们成日叹说可惜他这么个人竟俗了，谁知到底有今日。可见天地至公。”诗这个东西好像有一种神秘的力量，该写诗的人早晚会写诗，老天爷是公平的。就算你是个放羊娃，没有过过多么优越的生活，你看见这个东西，也会爱得不得了。所以这也是以诗取士的合理性，诗是可以鉴别一个人天性是否高贵的，诗是天性高贵者的游戏，并不会变成有钱人的游戏。

但是，香菱学诗的条件毕竟不太好，她小时候的基础太差，现在生活的环境也不怎么高雅。所以薛宝钗、林黛玉这样的行家，看她学诗，还是有点替她担心的。但是这两个行家的性格又不一样。

薛宝钗是王熙凤她姑姑带大的，其实她心里有根深蒂固的观念，人是有高下尊卑的。但是她这个人，又很得下人喜欢，下人说她知道体恤下人。为什么会这样呢？因为有尊卑观念不代表就要虐待下人。薛宝钗打心眼里认为，下人跟自己是不一样的人，所以对她们的要求就不那么高，甚至会觉得自己天生是比她们优越的人，对她们会有一种愧疚感，所以就在她们用得着的地方，对她们特别好。说心机这也不是心机，不过这样确实很得下人喜欢。

林黛玉呢，她是在史太君的呵护下长大的，其实她跟她姥姥一样，是不太讲究尊卑贵贱的人，她跟丫鬟更能打成一片，你看紫鹃说她的那些话，莺儿肯定不敢说薛宝钗的。可是下人对她的印象，是“孤高自许，目下无尘”，反而觉得这个人很高冷，不好惹。为什么呢？因为她持有平等的观念，认为下人跟自己是一样的人，但实际上别人可能没有她这么聪明，也不像她受过那么好的教育，所以她有时候对别人的要求就会太高。

这两个师傅，对香菱的态度就不一样。薛宝钗是对她很关心，但是有点把她往下拽的意思，好像说你要实在不行咱们就算了。但是林黛玉不考虑香菱条件不够好的事，她就把香菱当成跟自己一样的人来指导。其实她的指导，对香菱这么一个从小当丫鬟的人来说，是挺难的，但是林黛玉这样的人，是不考虑因材施教的，她不会说，香菱你基础不好，学个半瓶醋就行了，用今天的话说，她这人有点“何不食肉糜”。那么，香菱找了哪个师傅来学诗呢？她找了林黛玉。因为这是小说，找薛宝钗就没戏了，找薛宝钗，薛宝钗就说算了你别学了，再学就疯了，你看我们这些千金小姐还不怎么写诗呢，我们都不要这些才名呢。这样就没有香菱学诗这一出了。

平仄虚实 真的可以不对吗？

林黛玉教香菱学诗，一共给了她三个建议，这三个建议，说的都是我们学诗的时候会遇到的普遍问题，我一个一个来说说。

第一个建议是，“这是什么难事，也值得去学！”为什么她一上来就说学诗不难呢？其实她是针对一个现象。什么现象？我们往下看。

学诗首先遇到的一个问题就是篇制，也就是诗的格式问题，林黛玉把这个问题说得很简单。她说："不过是起承转合，当中承转是两副对子。"她说的是律诗。律诗一共四联，第一联是起，开个头，定个调；第二联是承，接着第一联说；第三联是转，换一个意思说；第四联是合，总结一下，把正反两个角度统合一下。承的第二联和转的第三联，要对仗，对仗也没什么说的，就是按写对子的写法来写。结构就这么简单，没有那么多错综复杂的关系。

然后，中间这两个对子怎么写呢？首先，要讲格律。格律是什么呢？其实对香菱这么聪明的人来说，一句话就够了，就是"平声对仄声"。格律其实就一个基本原则，就是一句话不能都是平声，也不能都是仄声，因为那样不好听，不和谐，得平声和仄声搭配着来。这是一个总原则。一句之内，必须得平声和仄声交错。然后句与句之间，也得搭配着来，出句是仄声的地方，对句就得是平声；出句是平声的地方，对句就得是仄声。这就是林黛玉说的"平声对仄声"。当然也不用每个字都不一样，只要重读音节的平仄搭配起来就行了，然后非重读音节的平仄配合着重读音节，做一些调整。不光是作对仗的句子平仄要对，不作对仗的句子，平仄也要这么对。格律的原则就这么简单，平仄要搭配。你要是悟性好，听了这一句就觉悟了。当然，我们在现实中，零基础开始学诗的时候，还是要看一下王力的《诗词格律》，讲得很全，也没有废话。

其实诗词格律不用讲多么复杂的原理，其实就是一条，"平声对仄声"，不能都是平声，也不能都是仄声。

写诗光懂平仄还不行，还得会对仗。对仗的原则，也不用讲那么复杂，林黛玉就让你记住一条，"虚的对实的"。一句里，不能光是实的，也不能光是虚的，就像不能一句都平，一句都仄一样。比如杜甫写，"碧瓦初寒外"，"碧瓦"是个特别实在的东西，但是"初寒"就是个特别虚的东西，看不见摸不着，说

清 孙温《呆香菱情解石榴裙 寿怡红群芳开夜宴》

这个特别实的东西，在这个特别虚的东西外面，把这个特别虚的东西写实了，这就是诗的语言。这就是一句里面，得实的跟虚的搭配着写。句与句之间，做对仗的时候，虚与实也要搭配。比如李商隐写杨贵妃，"此日六军同驻马"，这是特别实的一句，就在今天，眼前实实在在看着，六军都停住马不走，等着你把杨贵妃赐死。然后作对子的时候，他就不写眼前的事了，倒挽回去一句，"当时七夕笑牵牛"，用特别虚的一句来对，写回忆中的事，回想起当初，七夕的晚上，我们还笑话牛郎织女不能在一起呢，还说天上的事呢，还替古人担忧呢。在马上生离死别的时候，想起当初恩爱的时候这么一件无关紧要的小事，为什么想起这个呢？当时我们还正叹他人命不长，现在眼前哪知自己归来丧，这是用当初虚的事来反衬眼前实的事，就又把这个生离死别写得特别虚。这就比两句傻乎乎地都写眼前的事，艺术效果要好多了。这就是林黛玉说的，虚的对实的。它跟平的对仄的一样重要。

说诗的作法，其实也就这么简单一句，虚的对实的。你总结那么多对仗的方法，这么对那么对，正对侧对流水对，其实世界上那么多对对子的方法，好的诗人灵机一动就想出来三五种，你总结得完吗？但是再怎么变，万变不离其宗，无非是虚的对实的。你写诗的时候，脑子里绷着一根弦，知道实的不一定对实的，对虚的更好，就足够了，剩下的你随便去发挥吧。所以林老师告诉你，咱们学写诗，要立足课本，把这两句记住了，用活了，就够了，不用到处去买五花八门的参考书。

不要乱看参考书

说到学诗不要乱看参考书。古代真有学诗的参考书吗？

真有！从中晚唐开始，就有讲怎么作诗的参考书。那时候叫“诗格”，或者“诗式”。看名字就知道，他们是讲诗的格式的。这种书是适应当时人民群众日益增长的精神文化需求而出现的。当时文化下移，需要学诗的人多了，包括一些基础不怎么好的人也要学，所以就有人帮他们总结，平仄有多少种格式，对仗有多少种格式，方便他们学诗。可以想见这种书是很好卖的。到了宋朝以后，讲诗的内容更丰富了，就叫“诗话”了。“诗话”是中国古代诗歌批评的主要形式。诗话就不完全是格式的内容了，但还是包括格式的内容。再到曹雪芹这个时候，诗学进一步发展，想学诗的人更多了，市面上讲怎样作诗的书也就更多了。

这样的书有没有用呢？对已经会写诗的人，还是有点用的，特别是唐人写的那些诗格。你自己会写，再看看这些诗格，可以拓宽一下思路，噢，还有这样的玩法呢。但是如果你不会写，你不明白，诗格都是举例子，你以为非得按他这些招式来，就会觉得信息量特别大，眼花缭乱，以为写诗特别难。就算你把这些招式全记住了，也不要以为这就是写诗的全部了，其实光会这几个招式，对写诗来说，可以说什么都不是。所以说，初学者去看这样的诗格，并没有太大的好处。

尤其到后来，明清以后，好多人自己也不知道律诗的源流是怎么回事了，他就凭自己的印象、理解，编一些招式出来，显得他很有学问，然后这种书拿到市场上也好卖。但是这种书有没有帮助呢？几乎是没有帮助，而且还有好多错误观念。曹雪芹那时候，正是这种书在市场上泛滥成灾的时候。所以林黛玉这个建议，其实是有所指的，是对这些滥诗话的不点名批评。你记住“平声对仄声”就好了，不用讲那么多平起仄收、仄起平收；你记住“虚的对实的”就行了，不用讲那么多诗格诗式。那些看着是窍门，其实很乱，没有必要。

这是林黛玉给香菱的第一个建议，初学者没必要记那么多招式。

然后林黛玉进一步解释说，“若是果有了奇句，连平仄虚实不对都使得的”。这一句，好多学不会格律的人看了就大喜。他也不看“虚实”俩字了，就看见“平仄”俩字了，说你看林黛玉都说了，平仄不对也行的。

平仄不对真的行吗？不行！你写诗完全不按平仄，那没人带你玩的。有人说我学一点平仄，合得上就合，合不上就不合了。那也不行，那也没人带你玩的。你看《红楼梦》里的诗，包括香菱写的诗，没有不合平仄的。

有时候我们看诗里面，确实有一两个地方不合平仄，那是怎么回事呢？大多数情况是因为你不懂入声字，人家明明是合格律的，你给看成不合格律了。包括押韵也是，有人不懂旧体诗词的韵，硬说李白的《将进酒》是不押韵的，其实人家明明是押着韵呢。

但是也有一部分情况，确实是出律了，这个出律是作者故意的，他把近体诗的一般格律调整了一下，为了表达某种特定的感情。这个是他精心设计的，不是合不上就不合了。这种情况我们一般不叫“出律”，“出律”意味着是格律错了，他这个不

清 改琦《元机诗意图》

是格律错了，我们一般叫“拗句”。“拗句”是相对“律句”而言的。

有人说，我这个也是拗句啊，我也是为了表达特定的感情啊。其实他是合不上格律就不合了，但他就拿这个说事，说我也是为了表达特定的感情。那我就要问你了，你这个拗句，是要表达什么样的感情呢？不同的拗句，表达的感情是不一样的。这个学问叫“声情”之学，声音效果和思想感情的搭配，一定的声音效果是表达一定思想感情的，这个知识是需要学的。如果你懂这门学问，有意识地去调整平仄，来表达你的感情，是可以的，古代的诗人都是这么干的。如果你不懂，就不要冒充懂，因为你搭配不对，你的声音效果不能正确表达你的感情。那你就老老实实地学格律吧。

所以说我们学格律，只是一个开始，并不是你学会格律就算会写诗了。咱们先不说“虚的对实的”那一块，先说“平声对仄声”这一块。你学会了基本的平平仄仄，只是学会了最中正平和的一种表达，你要是想自由地用平仄表达自己的感情，还得往上学。最极端的一种，还有故意每一句都不合平仄的，那就叫古风了。古风每一句都不合平仄，但是也不是乱写的，每一个拗句，要表达什么样的感情，你心里都得清楚，都得有计划。所以学格律，只是给声情之学打一个基础，在这个基础上，你才能再往深了学。

我说格律就是基础，意思是会格律不是一个值得骄傲的事。你学了基础，就像当兵学会了踢正步，上学学会了乘法口诀，有什么可骄傲的呢？会的人多了。这点本事，不用到不会的人跟前去显摆。如果你不会，也不要把它看成一个很难的事，觉得高深莫测，我学不会，学得会的人好厉害。更不要觉得，这么难的东西，有谁学得会啊，所以我不会也没什么吧。现在好多人都会，你到网上去说，“现在谁还会写格律诗啊”，只能让人笑话。

当然，等往上学声情知识的时候，你也不要太拘执了。拗句这个东西，说到底是没什么规律的，是要你灵机一动自由发挥的。你掌握声情的基本原理，然后去创造就行了。要是再去总结声情的多少种格式，就又呆了。

至于“虚的对实的”，这个原则就更相对了。“虚的对实的”只是一个窍门，容易出好句子。如果你写了上句，对不出下句来了，这时候就可以想，实的不一定对实的，还可以对虚的呢，而且对虚的更好，然后就往虚的上去想了，就更容易找到好的对句。要是你本来就有好句子，就不需要这个窍门了，实的对实的，虚的对虚的，也照样是好句子。

所以你看，天天背诗格有什么用。你背了半天，平仄有多少种样式，对仗有多少种样式，都只是一个相对的东西，再往上学，都是要抛弃掉的。就好像你中小学学的知识，到大学以后就知道都是相对的，是特殊条件下的，你要抛弃原来的一些成见，才能继续学习新的东西。

我这里只是说背诗格没用，也就是总结太复杂的规律没用，背得太死没用，可不是说学基础知识没用。旧体诗的基本规则，特别是格律的规则，还是要学的。学了你才能进入这个语境，才不会老在门外打转。

另外，不要忘了，林黛玉在这之前，说了一个大前提，“若是果有了奇句”。你拿林黛玉的话当挡箭牌之前，先问问你自己，你“果真有了奇句”吗？不要认为，只要我不讲平仄，就肯定是好诗了。你连平仄都学不会，有多大可能写出“奇句”呢？多半是你自己觉得是奇句，拿给别人一看，什么也不是。你也不要认为，我写不出奇句，都是因为受了格律的束缚，只要不要格律，我是能写出好诗。你写不出奇句不是因为守格律，就是因为你写不出奇句。所以，凡是说“我虽然不懂格律，但是我有好句子”的人，就跟追女孩时说“我虽然不善于表达，但是我有一颗爱你的心”一样，我要大声问他：“你有吗？”说这样的话之前，你一定要问问自己，我真的有好句子吗？没有，就不要出来说这个话。有，也就不需要出来说这个话了。

什么叫“意趣”？

林黛玉说：“若意趣真了，连词句不用修饰，自是好的，这叫做‘不以词害意’。”这跟她说“若是果有了奇句，连平仄虚实不对都使得的”，是一个意思。不是真的让你不讲平仄虚实，不修饰词句，而是说，你做到这些还不够。修辞是要有的，但是还不够。你背再多的格式，还不够，还缺点意思。缺了这点意思，仅将格式讲得头头是道，那叫“以词害意”。并不是说守格律就是“以词害意”了。

那么差这一点意思是什么呢？就是“意趣”。什么叫“意趣”呢？就是说你这首诗，起码要有意思、有趣。怎么才能写诗有意思呢？首先你这个人得有意思。我老师曾经说过，你这个人往那儿一站，都不让人觉得有意思，你写出来的诗怎么可能有意思呢？我老师还说过，你写一首诗，总得有点什么有意思的东西要告诉别人。林黛玉讲“意趣”，也是这个意思，你写诗一定要有这个意识，要有点有意思的发现告诉别人。

当然这个“有意思”有不同的层次。有的只是生活中一件有意思的事，那么这个有意思的层次就比较低；有的是对宇宙人生非常有见地的思考，那么这个有意思的层次就比较高。如果有可能的话，我们还是要追求高层次的“有意思”。但是就算是低层次的“有意思”，也总比没意思好。诗的格式再讲究，写出来的东西没意思，那也是不好的。

这个“意趣”，好像跟中小学作文说的“立意”有点像，你这么理解也可以。但是要注意，有“意趣”，不是政治正确的意思，而在于你从写的对象中

清 孙温《贾芸寄书送花宝玉 秋爽斋偶结海棠社》

看出了什么东西。不是写什么的概念，而是怎么写的概念。你写一个谁也不能反对的神圣事物，但是写得一点意思也没有，那也不是好诗。你写一个可能有人不喜欢的东西，但是写得有意思，那也是好诗。选一个神圣的不能反对的事物来写，这是一秒钟就可以完成的，不需要任何技术含量。你真正要学习、要磨炼的，是怎么把一个东西写得有意思。这个技能其实包括了前面说的平仄、虚实，但是又不限于这些形式的东西。对于写诗来说，“意趣”才是最重要的，各种形式说到底还是为“意趣”服务的。

林黛玉说的这个“意趣”，在我们的诗学史上有各种表述。我最喜欢的两个表述是“性情”和“风骨”。我说这首诗有“性情”，或者有“风骨”，那都是很高的评价。

所谓“性情”，就是一个人的“性”和“情”。“性”就是本性，一个人的本性是没法改变的，不管到什么样的环境下，都表现出一贯的本性。比如说同样是穷得快饿死了，有人就想办法偷点东西生存下去，有人宁可饿死也不偷东西，这就是本性。所谓“情”，就是这一瞬间的情绪，这是本性在不同的境遇下激发出来的不同表现，“情”这个东西是变化多端的，每个人在一生中都要产生各种各样的情绪。

我们写诗，就是写自己的“性”和“情”。如果你的本性是美好的，你的本性在这一刹那激发出来的情绪是美好的，那么写出来的诗就是美好的。所以为什么要以诗取士呢，因为透过诗可以看出你的性情。所以写诗一定要写自己的性情。

所谓“风骨”，就是骨子里的风格，其实跟“性情”也有相通的地方，但是更偏“性”这一点，要求也更高。不是什么样的“性情”都可以叫“风骨”。你说我的天性就是猥琐，那也是你的性情，但是猥琐的性情就不能叫“风骨”。“风骨”是指比较高尚的、比较有审美性的本性。我说诗能看出人的贵族性，其实就是诗能看出人的风骨。当然，得是会看的人来看，从文字去看，不能他写什么你信什么。

“风骨”是什么样的感觉呢？就是一个人不化妆，穿着素净的衣服，但是他往那儿一站，举手投足，就让你觉得很有气质、很有风度、很有傲骨的感觉。就是去掉一切修饰，你仍然觉得，这个人特别美好，天然就比别人优越。这是一个人从生命中流露出来的气质，不是靠学习和表演来达到的。在我看来，这是旧体诗词要达到的最高高度。

为什么不能学陆游？

那么，有“意趣”就够了吗？林黛玉又给了香菱第二个建议。

香菱说你不是说要有“意趣”吗？我想起两句特别有“意趣”的诗。香菱说的是陆游的两句诗，“重帘不卷留香久，古砚微凹聚墨多”。

结果林黛玉说：“断不可看这样的诗！”

为什么呢？“你们因不知诗，所以见了这浅近的就爱，一入了这个格局，再学不出来的。”

陆游这句诗，好不好呢？其实还是挺好的。有没有“意趣”呢？其实还是有的。他说我这个帘子，因为老不卷起来，所以我室内熏的香，就留得比较久；我的这个砚台，因为老写字，就磨得稍微凹进去那么一点，所以聚的墨就比较多。首先，他告诉我们两个比较新鲜的现象，两件有意思的事。他不说我们不知道，他说了我们觉得有意思。这就是有“情”的，就达到了“意趣”的最低标准。

那么陆游这两句诗有没有“性”呢？有没有透过这两个有意思的现象，写到他自己这个人呢？也有的。他写“留香久”“聚墨多”，这当然都是好事，香留得久，闻着舒服；墨聚得多，用着方便。但是他写“留香久”，其实是为了写“重帘不卷”，写“重帘不卷”，其实是为了写他自己比较“宅”，“宅”当然是一个好品质；他写“聚墨多”，其实是为了写自己写字多，写字多也是一个好品质。所以他还是为了变着法地夸自己的好品质，还是诗中有人的。

那陆游这两句诗到底怎么了呢？其实是这两句诗有毒。初学者学它，容易上瘾。

清 孙温 《贾雨村教读林黛玉》

这两句诗，单看还是挺好的。虽然它只是某个情境下的小意趣，但是小意趣自有小意趣的好处。问题在于，如果你一辈子光写这个，就没劲了。要是一个时代的人全都写这个，一篇一篇翻过去，看着可烦了。

陆游的诗，算“白体”，就是学白居易的，林黛玉吐槽的这个毛病，也是那时候白体的毛病。白居易本人就特别善于写日常生活中的小情趣，这些诗，单看往往挺好。白居易这个人，也不能说他没有风骨，白居易也有白居易的风骨。麻烦的是，白居易是那时候的“广大教化主”，大批的人，不管有没有那个天赋，都爱跟着白居易学。为什么愿意跟着白居易学呢？因为他简单。白居易这个体，真没白叫这个“白体”，真的很白。

白体的问题，并不在于没有诗味，而在于它是达到诗味最简单的一种途径。写日常生活中的小情趣，是最简单的。像阮籍那种高冷的诗味，广大诗歌爱好者也学不了。白体这么简单，就带来一些问题。什么问题呢？就是学的人太多了。而且，因为这种写法简单，这么写惯了，就懒得写其他的路数了。你要一辈子都这么写，然后一个时代的人都这么写，那就烦了。

我们今天的一些网络诗词，也有这个毛病。有的人特别喜欢把当代的意象加进去，什么飞机大炮啦，手机空调啦，电梯霓虹灯啦。说旧体诗也要反映时代精神。一个时代精神有什么不好反映的呢？格律都在这里，你填进去就得了。这种诗写出来，你看一首，觉得真好，很新鲜。而且他确实写得很好，很有生活情趣，把握这个时代的精神也很准，一看就是我们这个时代才会有的，以前的时代是不会有的。这种诗不是不好。但问题是，这个路子太容易了。你今天被老板批评了，有个小不痛快，然后拿着霓虹灯落地窗，往词里一填，出来大家就一片喝彩。这种诗词，一天写两首都不费劲。然后你就上瘾了，就满足于这么写了，一年写个四百首，都是这个调子。时间长了，大伙就看烦了。

所以说这个路数，对初学者来说就是鸦片，太舒服了，就容易上瘾，形成

宋 佚名《桃花山鸟图》

依赖以后，营养又不够，你就成大烟鬼了。所以林黛玉郑重提醒你，“断不可看这样的诗”，“一入了这个格局，再学不出来的”。不是这句诗不好，是怕你“学不出来”。

初学者学写诗，还是要锤炼句法，还是要用典，不要怕人说你雕琢，不要怕人说你堆砌。只有雕琢，你的句法才能进步；只有堆砌，才能敦促你去读书。以后要有发展，还是要靠读书多，要靠你对语言的运用有感觉。你一上来就去写日常生活，可能很快会在网络上出名，但是成功来得太容易，其实不利于你进一步去探索自己的风格。

你为什么会爱上陆游或者白居易这个风格呢？林黛玉说了，因为你看的诗少，所以见了这浅近的就爱。还是因为这个风格简单，容易欣赏，不需要看别的诗，也能感受到它的好。就像传说中的，白居易写了一首诗，一定要读给老妈妈听，老妈妈能听懂，他才敢发表。其实这也是个段子，应该是黑白居易的人编出来挤兑他的。不信你试试，拿白居易的诗给老妈妈念念，你看她能不能听懂。这是编段子的人在笑话白居易，说你非得把诗写这么浅，让不懂诗的人都觉得好吗？这本来是笑话白居易的，不是夸白居易呢。像阮籍、张九龄、杜甫的风格，就不那么容易欣赏。但是你看得多了，可能就会爱上那些不容易欣赏的风格。

这种浅近的风格，它的好处，还是“体物”的好处，就是描写一个客观事物，描写得特别像，特别有意思。“体物”的诗也是好诗，而且刚学的时候，“体物”的功夫也是要练的。就像学绘画，总要从素描开始学。“体物”的本事，就相当于素描，是一个基本功。但是“体物”的功夫再好，它不是极致，最好的诗还是要有意趣，要有风骨。当然风骨是要靠体物的功夫实现的。风骨是我们的追求，体物是达到它的手段。

什么是有风骨的诗呢？我举几个例子。我认为，中古这一块，典型的追求风骨的人，有阮籍、陶渊明、张九龄和杜甫。他们是属于那种素颜也很有气质的，你爱喜欢不喜欢。但他们越是这样，你越是觉得他帅，觉得他酷，会爱上他。在风骨外面再化一层彩妆的，有曹植、谢灵运、李白和李商隐。他们是属于虽然保养得很好，但还是要穿漂亮衣服、要化妆，要鲜鲜亮亮地走出来的。要体会什么是风骨，可以看这几个人的诗。至于像白居易那样的诗，包括林黛玉举的陆游的诗，你可以爱，但是不可以专门去学。

既然陆游这样的诗不可以学，那学谁的呢？林黛玉老师紧接着开了一个书单，让你去学谁学谁。林老师给这个书单的时候，是按体裁给的。这是分体的意识，是很进步、很科学的文体观。我们今天做文体学的研究，就是要这样分体来做。

文体意识强是谁的特征呢？是贵族诗学的特征。我之前说过，贵族诗学的特点就是讲究文体。讲究文体，就是讲究“位”。其实整个贵族文化都讲究“位”。贵族最喜欢讲究形式，喜欢讲究，这个是干这个用的，那个是干那个用的。你看《源氏物语》里，什么季节穿什么颜色的衣服，喝什么样的茶，给什么样的情人用什么样的信纸，都要有区别。之所以要有区别，是因为他有，他什么都备着好几套，所以才讲究得起。《红楼梦》也是这样，经常会写到，喝这个茶得用这个水，穿这个衣服得配那个饰物。这是全世界贵族文化的共同特点。

文体学说到底也是这么回事。你要是就会唱一个“断竹续竹，杭育杭育”，那就无所谓文体学。你会的形式多了，才会有这种讲究，这个形式可以做这个用途，不适合做那个用途。讨论一切问题的前提是，你都会写。

五律为什么学王维？

林黛玉为五律树立的样板是王维。五律这种文体，是在齐梁时代定型的，它生下来的时候，就是宫体诗，就是非常华丽的，很端正，很讲究，是宫廷文学。五律也是中古诗歌最标准的体式。从曹植他们开始，一直到南朝后期，再到初唐，大家费那么大劲，就干了一件事，就是走向近体，再说具体点，就是弄出来这么一个五律。所以五律这种体式，他的本色，就是照着宫体诗来写，用古人的说法，叫“谦谦君子，温润如玉”。什么叫“温润如玉”，就是表面上看很温和，而且很有光彩，不是干巴巴的感觉，但是往下一摁，又是硬硬的，就是中古君子的那种风骨。

另外，五律还有一个属于宫体诗的本色，就是体物，宫体诗是以描绘客观

清 孙温《嗔顽童茗烟闹书房》

事物见长的。所以五律的正体，也应该以描绘客观事物见长。写五律的时候，要特别留意物象，要对物象有一种执着。

而且五律这种文体，有它本身的形式特点。首先它是律诗，律诗是最精致的文体，要求写得很严整，要遵守的规则最多，要下大力气把它砸得方方正正的。其次，同样是律诗，五律又比七律字少，这要求它比较内敛，要含蓄。这两个特征合在一起，就是要表现出克制的力量，要写出一种静穆的感觉，对世俗要拉开一点距离。

王维可以做五律的代言人。王维这个人，就是一种很温润的感觉。他是一个纯粹的艺术家，他的诗有那种远离世俗的感觉。他又是整个六朝诗歌文化，特别是齐梁诗歌文化的集大成者。宫体诗的所有玩法，所有的体裁、题材，包括句法，王维都玩过。玩到后来，他反而超越了齐梁的那种艳丽，就剩下宫体诗骨子里的那种规整了。王维是得到宫体诗精髓的，所以他写出来的五律，就有五律的那种内敛、厚重，没有棱角，但是放在手里会觉得往下坠。

另外，王维对物象也有一种执着，他的五律里有很丰富的形象，他对每一个形象都观察入微，这也是得到了宫体诗的精髓。

我们学王维的五律，是学他的规整的形式，学他的端庄静穆，学他的温润，学他处理物象的方式。这也是五律的本色。所以，五律的代表，林黛玉推荐王维。

七律为什么学杜甫？

七律的标准，林黛玉推荐的是杜甫。

七律其实是一种后起的文体。在五律定体的时候，还没有七律。所以李白为什么不太写七律，因为那时候还不兴写七律。七律是后来从歌行里走出来的，是一种特殊的歌行，规范化了的歌行。当然，它既然成“律”了，就得跟五律学好多东西。等于七律是歌行跟五律生的一个孩子，是一种介乎歌行和五律之间的文体。

最早正儿八经写七律的，就已经到王维了，但是也不成气候。七律真正定体，就是安史之乱前后，可以说是到了杜甫手里才定体的。但是文学史上经常有这种现象，一个新文体出来，一出手就是高峰。比如刚有五言诗的时候，就出来一个曹植，就是五言诗的高峰。又如刚有现代白话文的时候，就出来一个鲁迅，一出来就是现代白话文的高峰。七律也是这样，刚一出来，就出来一个杜甫，就是七律难以企及的高峰。

杜甫的七律有什么特点呢？王维的五律讲究一个“正”字，杜甫的七律讲究一个“变”字。用现在的话说，王维的五律是守正，杜甫的七律是创新。七律是个新文体，新文体就有生命力，有无限的可能性。七律每句比五律多俩字，多俩字就多出很多可能性，多出很多玩法，可以变来变去地玩。何况七律本来就是从歌行里出来的，它继承了歌行自由的基因，它跟歌行一样一句七个字，可以拉得开。七律当然要有法度，跟五律一样，形式要特别精致。但是在精致的基础上，要变化多端，要努力去开拓不同的玩法。论形式的精致和变化多端，杜甫做七律的代言人，那是当之无愧的。

杜甫是初唐大文豪杜审言的孙子，出身于文学世家，他不到二十岁的时候，五律就写得跟王维一样好了。这些形式都是他从小就玩熟了的。玩熟了怎么办呢？他就开始追求千变万化。我们看杜甫的七律，要学他的法度，学他的文体意识，更重要的是学他的变化，看他怎么变，然后知道，原来七律还有这么多玩法。我们不仅要学杜甫开创出来的玩法，还要学他怎么开创出来这么多玩法的，然后去开创自己的玩法。这就是“法其所以为法”。

杜甫的七律，还有一个特别著名的特征，也是特别难学的特征，就是“沉郁顿挫”。所谓“沉郁”，大概就相当于我说的“风骨”，杜甫是一个特别有风骨的人。反映到句法上，他七律的句子特别厚重，不管这个句子说出来多么有力，多么绝，好像总是含着点意思没说出来。他的句子，你把表面这层意思剥开，发现里面还有一层意思，再剥，还有意思，七个字可以叠进去好多意思。这样一句诗就压得沉甸甸的。你可能一下子不能全看懂，但是你看他那个语态，就知道，这是一个有故事的男人。不是装出来的有故事，是真的有故事。他的心里沉郁了，所以他说话的节奏就顿挫了。跟马三立一样，本来不紧不慢地跟你叙述着，突然就抖出来一个包袱，然后趁你不防备的时候，再抖一个包袱。从艺术上来说，杜甫的句法是特别讲究的，但是他这个句法不是背诗格背出来的，因为他沉郁。沉郁了，对事情想得就透了，看问题的角度就不一样了，所以他自然说出来一句话，就是你想不到的包袱。越是沉郁的人，心里有大悲悯的人，其实越有娱乐精神，越有幽默感。杜甫的那些句法，其实也是他带着幽默感玩出来的。杜甫的七律，那是七律史上的经典。

南宋 佚名《仙山楼阁图》

七绝为什么学李白？五绝去哪了？

七绝的标准，林黛玉推荐的是李白。所谓七绝，其实就是歌行。绝句其实就是截句。有人说七绝是从七律截出来的。其实更确切地说，七绝是从歌行里截出来的。从歌行里截出来四句，就是一首七绝。七绝就是一首小型的歌行，篇幅最短的歌行。而七律是有特殊格式的歌行。这就是七绝、七律和歌行的关系。

李白的七绝之所以值得推荐，首先是因为他的歌行值得推荐。李白是可以做歌行代言的人。歌行也是齐梁时代定型的体裁。歌行跟五律共同构成了宫体诗的系统。歌行跟五律是有分工的。五律比较厚重，要求内敛，所以主要负责体物，描写客观事物，显得敦实；歌行比较飘逸，要求放得开，说话就要把话说绝，所以主要负责缘情，描写主观的感情，显得放得开。李白这个人，一辈子都醉心于六朝的传统，我觉得他就是一个六朝人反穿到唐朝来了。李白的诗歌系统，是宫体诗的诗歌系统，对盛唐来说，已经是旧的诗歌系统了。其实李白是个很保守的人，他一辈子不怎么写七律的，他就是跟宫体诗人一样，写五律，写歌行。偶尔玩玩古体。

歌行本来是乐府，讲究的是一个唇吻流利，说话要好听，要顺口，要让人听得懂。要写出乐府的本色，写得像一首歌一样，要有歌词的那种大胆奔放。这跟李白的天性很适合，所以论歌行的代言人，当然头一个就是李白。

绝句为什么叫“绝”句呢？其实“绝”是个音乐单位。歌行一般是四句一转韵的，也有六句或者更多句一转的，也有两句一转的。歌行里转一次韵，就构成一个独立的音乐单位，可能音乐也要配合着有变化。这个独立的音乐单位，就叫“一绝”。所以所谓“绝”句，就是歌行里的一“绝”。大多数情况下，一绝是四句，所以绝句作为一种体裁固定下来，就是四句。从歌行里截一个音乐单位出来，就是一首绝句。

所以绝句的本色就是一首歌。本色的七绝，写出来要像一首歌。歌行的特点，就是七绝的特点。李白最会写的就是歌，所以他的七绝也特别好。我们今天看到的他的七绝，可能有一些就是从长的歌行里截出来，拿给乐工演唱的。所以林黛玉直接把李白这个歌行专家拉过来，为七绝代言。

我们学李白的七绝，要学他的飘逸，学他的自由，学他怎么写成一首歌。这是七绝的本色。这样不仅学了他的七绝，顺手把他的歌行也学了。

绝句的起源，还有另一个说法，就是联句。就像《红楼梦》里那种联句。六朝的诗人也联句，但不是一人两句，是一人四句。也不是你出对子我对，而是我自己出对子自己对，自己完整地写四句，跟我们今天绝句的样子差不多。联句联到谁那儿，再也联不下去了，就绝了。那么这个把天聊死的家伙，他最后写的这四句，就叫“绝句”。最后的“绝句”是你写的，这也是一种胜利，就好像我们吵架，最后一句是你说的，那你就是一种胜利，因为你这话让我没法接。谁写出了“绝句”，让别人都觉得，这话我没法接，谁就是胜利者。

所以联句的时候，大家都要争取，我说出一句话来，让别人没法接。所以说什么叫“绝句”，就看谁把话说得绝，就叫绝句。我们写绝句，一定要讲究神完气足。一定要四句写出来之后，有一个结束感，让人感觉，这话我没法接，那你就成功了。如果你写出来四句，让人觉得还能接得下去，那你这个绝句就没写好。绝句一定要追求“绝”，追求一句话说到人心坎上，让人觉得，你说得好有道理，我竟无言以对。这是绝句的要求。

林黛玉说了五律、七律、七绝的代言人，就没说五绝。这是逼死强迫症的存在。为什么她不说五绝呢？因为五绝属于不同的诗歌系统。它虽然讲格律，但是它的来源，跟五律、七律、七绝都不一样。它不是从宫体诗系统来的，也就是说不是从近体诗系统来的。五绝是从乐府民歌里来的，后来才加上了格律。

五绝的直接来源，就是南朝的吴声西曲。吴声西曲是民间的流行歌曲，它是不讲格律的，写出来的风格跟文人写出来的宫体诗当然也是不一样的。吴声西曲更奔放，更没有顾忌。五绝是从吴声西曲来的，它属于乐府，乐府要写好，几乎完全是凭天才的，五绝写得好，基本上不是学出来的，所以林黛玉在这儿没有说。

陶渊明好学吗？

说完了近体诗，林黛玉又提了一下五言古诗的样板。如果你学了五律、七律、七绝，还觉得学有余力，那就可以继续学五言古诗。五言古诗的样板是谁呢？林黛玉列举了一堆，有“陶、应、谢、阮、庾、鲍”。

这几位都是谁呀？他们写诗有什么特点呀？这几位都是六朝一流的大诗人，他们的特点，我简单给你介绍一下。

陶，就是陶渊明。陶渊明这个人，一辈子最大的特点，就是跟贵族社会的要求对着干。当时的门阀社会是要求士族子弟出来做官的，但是陶渊明干了几天县令就归隐了。不过话说回来，归隐在当时也是士族子弟的一个典型归宿。那时候的士族，都是不靠皇上吃饭的。他们做官其实不是为了俸禄，他们的主要收入，来自他们家族的庄园经济。做官是为了比吃饭更高的要求。所以中古的贵族为什么能制约皇权，因为他们不靠皇上吃饭，一言不合，我可以辞职走人。归隐在他们的人生中是一个很正常的事，只不过陶渊明是这个行为的形象代言人而已。所以陶渊明这种跟贵族社会主流对着干的行为，本身就是一种贵族行为。陶渊明体现的不是平民性，他是体现一种另类的贵族性，他是通过反贵族性来实现他的贵族性。

陶渊明的诗也是这样，跟当时贵族文学的发展趋势对着干，但是通过对着干，反而实现了他的贵族性。当时的贵族文学，是往近体诗走的。最起码，要辞藻华丽，要讲对仗，然后还要讲格律，要用技巧描绘各种漂亮的物象，最好还用点让人看不懂的典故。但是陶渊明都不。他就用最白的话，写很简单的物象，就写日常生活中很破的东西。贵族文学玩的技巧，其实他也暗地里玩，不让你看出来。当时还没有后来的格律，但是陶渊明的诗，也有不少律句，至少不比谢灵运少。这可能是出于他自然的声情感觉，不过这至少说明，他的声情是追求平和的，而不是特别古拗的，所以，陶渊明的句子让你读着很舒服。但是他在声情上平和的同时，又故意用散文一样的句子，让你想不到他是律句。对仗，其实他也对的，但是故意让你看不出来是对仗，或者故意错着一点。用典他也用的，但是他让你不知道典故也能看懂，让你不知道他是用典。其实这都是很要功夫的，比平摆浮搁的华丽辞藻更要技巧。但是陶渊明就是这么傲娇，我暗地里用好料子，就不让你看出来。这其实才是贵族范儿呢。他这也是用跟贵族文学对着干的方式，实现了贵族文学的最高追求。

贵族文学的最高追求，其实是风骨，陶渊明的诗，是风骨的典型体现。陶渊明的这种诗，等于是没有任何脂粉，等于是素颜。我们知道，素颜是最考验颜值的。素颜要想好看，那必须得底子好。陶渊明在大家都不化妆就不出门的时代素颜，拼的就是底子。就是说，你在形式上毫无贵族性的时候，仍然表现出贵族的风度，这才是好诗。所以陶渊明值钱的地方不在于他不化妆，而在于他有贵族的风度。在没有任何形式上的讲究之后，他就凭他那种气度，那种人生智慧的光芒，从从容容地说出来，就可以打动你。我们学陶渊明，不要学他不化妆，而要学他底子好。

就好像网上流传过一句话，说“我抽烟，我喝酒，我文身，我打架说粗口，但我仍然是一个好女孩”。陶渊明就等于是说，“我出身于兵家，我不做官，我写诗不讲形式，但我仍然是一个好贵族”。当然那样还能不能是好女孩，能不能是好贵族，可以见仁见智。但是我可以肯定的一点是，光靠抽烟喝酒文身成不了好女孩，光靠不做官不讲格律也成不了好贵族。最起码，你要这么玩的话，必须在别的地方有过人的长处。

所以我们可以试着理解最初为什么会有人喜欢陶渊明。其实陶渊明证明的，就是在剥离了所有的形式、所有的身外之物之后，一个人还可以是一个美好的人，有一种不可剥夺的贵族性。其实这对一个人的天赋要求是非常高的。模仿陶渊明，考验的就是你这种不可剥夺的天赋，你要学陶渊明，你有没有这种风骨，可以赤裸裸地呈现给人看呢？

陶渊明的诗，我觉得他有点故意的，全世界都往好里写的时候，我偏往坏里写。但是你看他的取景，他的下笔，仍然是诗人的视角，写得再白，仍然一看就是诗。好比一张卷子，全部答满的情况下，得一百分和得零分的难度是一样的。谢灵运就是得一百分的，陶渊明就是得零分的。读陶渊明的诗，你就觉得是一个把世界看得特别通透的人，心平气和地跟你聊家常。因为他的心里是通透的，所以说出来的每一句话才是通透的。

这样的人，林黛玉让香菱一个小丫鬟学，她学得了吗？我觉得她学不了。香菱骨子里也有她的骄傲，但是她没有高傲到陶渊明那个程度。她更没有陶渊明那种人生阅历，那种通透，那种心平气和。要学陶渊明那么暗地里玩形式技巧，玩典故，香菱更玩不了。所以我觉得林黛玉让香菱学陶渊明，那是太难为她了。

其实后面说的这几位，也都是中古文学的顶尖高手，学哪个都是很要风

清 孙温 《美香菱屈受贪夫棍》

骨的，都不是香菱学得了的。别说一个小丫鬟，就是北大中文系古代文学专业的博士，能把这几个人的集子都看进去，也是非常难得了。林黛玉把这几个人摆在这儿，当然首先是曹雪芹要摆在这儿的。曹雪芹既然给人写学诗攻略，就干脆做个完整版，告诉你，如果要再往上学五古，可以学谁的。他不太考虑香菱有没有学到陶渊明的这一天。

另外我觉得，林黛玉这个人，在这儿跟香菱一个小丫鬟说这个，有点英雄欺人的意思。明明香菱这辈子没有机会学到五古的，但是林黛玉还是把她当成跟自己一样的人，一本正经地给她讲，将来你学五古要学谁学谁。这一方面是出于林黛玉的平等观念，把香菱当成一个“中文系博士”来尊重。另一方面，客观上这对香菱肯定会形成一个压力。香菱这辈子注定没有太多的时间来学诗，对这样的学诗者，树立太高的目标，我个人觉得对她也不好，可能会产生一些预想不到的不良后果。不过，林黛玉给香菱推荐这么专业的阅读书目，也是符合她的人设的。

后面几位都是谁？

那么，林黛玉为香菱推荐的后面几位是谁呢？我也来介绍一下。

谢，就是谢灵运。谢灵运是最典型的贵族诗人。他在中古诗学的地位也是非常高的，在杜甫出现以前，他是第二号人物。第一号人物是谁呢？曹植。到杜甫出来，谢灵运就不是第二号人物了，他的地位就被杜甫取代了，但是第一号人物还是曹植。

谢灵运把五言诗向近体诗重重地推进了一步。他是南朝刘宋时人，比陶渊明小一辈，比永明诗人大两辈，永明诗人就弄出近体诗来了。谢灵运跟杜甫一样，对形式特别看重，句法特别精致。

谢灵运这个人，个性很强，甚至有时候有点蛮不讲理，所以我们今天有的人不太喜欢他。但是这种很强的个性，也有他的魅力。谢灵运这种人，属于往那儿一站就特别显眼，一看就是贵族的，不像陶渊明的贵族性要你细心琢磨。他是属于那种穿着特别华丽的贵族，不像陶渊明是素颜的。谢灵运也是个目空一切的人。所以一般人，尤其是不理解谢灵运心理的人，会觉得这个人特别高冷，孤高自许，目下无尘。谢家人本来就是很骄傲的，我有时候觉得，林黛玉的性格其实有点像谢家人。这也是我们心目中典型的诗人气质，谢家人也确实挺会写诗的。谢灵运尤其有诗人气质。

谢灵运的诗还有一个特点，就是特别喜欢写一般人没有的经验。他喜欢写山水。那时候的山水，可不是穷人背个包就能看的。那时候的生产力水平，要游山，必须得有一大帮童仆才行，得有人给他开路，得有人抬着他，得有人给他背着柴米油盐，还得有人给他背着笔墨纸砚。谢灵运出去游山，都是一大帮壮汉大张旗鼓的，不知道的还以为土匪来了。所以不是大贵族，没有钱没有伺候的人，是看不见谢灵运笔下的山水的。在那个时代，谢灵运写山水诗也是英雄欺人，我就是要写你们看不见的山水，就是要写你没有的经验，你说我炫富也行。

谢灵运还特别爱用典故，尤其喜欢用《楚辞》《庄子》《易经》里的典故。这几部书，天赋不高的人是看不懂的。看不懂这几部书，也就看不懂谢灵运用的典故。谢灵运用这些典故，也是欺负人的。我就是要用你看不懂的典故。这跟他写山水诗的精神是一脉相承的。

所以，让香菱去看谢灵运的诗，不是难为她吗？

接下来说林黛玉说的应。姓应的有一对兄弟，应玚和应璩，是三国时候的人，这两兄弟经常被混在一起说。一般说应瑒比较多，因为他名气比较大，是“建安七子”之一。可惜，应瑒的诗传下来没几首，我们已经不太能看出他是什么风格了，恐怕也无法满足香菱系统学习的要求。

因为应玚作品不多，所以当人们在说应玚的时候，也会想起他的兄弟应璩。应璩的诗，也不用专门去学了，现在传下来比较完整的作品，也就十来首。应璩比较著名的是一组诗，叫《百一诗》，取的是劝百讽一这句话，是政治讽喻诗。今天传下来的应璩的诗，主要就是《百一诗》里的。这组诗因为思

清 孙温《接外孙贾母怜孤女》

想比较好，所以地位比较高，大家夸应场没的夸的时候，也会把应璩的《百一诗》拉来夸一夸。不过，从文学角度讲，《百一诗》的文辞其实没什么意思。你说香菱怎生去学这样的诗？

林黛玉说的阮，就是阮籍。阮籍的诗，是真正的古体诗，他没有往近体诗的方向走。阮籍的五言诗，主要是《咏怀》诗，是最见风骨的。什么叫五古，什么叫风骨，首先请看阮籍的《咏怀》。阮籍的《咏怀》，按我们当代文学的说法，就属于抽屉文学，就是没事自己在家，写一点自己说给自己听的话，然后放到抽屉里，谁也不给看，更不卖钱，所以也不需要别人看懂，最好看不懂。我们一般青春期都会干这种事，这是我们对文学的一种需求，就是"风雅颂"里面的"雅"，要说狭义的纯文学，这个才叫纯文学，完全是放置个人经验的。本色的五古，应该写出这种感觉来。阮籍就是最典型的。

当然，阮籍不是青春期，他写的是一个成年的，可以说是晚年的，第一流知识分子的个人经验，他的个人经验，那不是一般人能有的。所以阮籍的《咏怀》，一般人也看不懂。让香菱一个小丫鬟，去学阮籍，那她咏怀也没什么可咏的。别说学，看恐怕都看不懂。

林黛玉说的庾，就是庾信。庾信是南北朝文学的集大成者。庾信本来是南朝人，在南朝的宫廷里，已经是当时第一流的诗人了，宫体诗的整个一套玩意，他都掌握得很好了，达到了最高的水平。然后赶上侯景之乱，梁朝灭亡了，士大夫被杀得一塌糊涂，然后好多人就跑到北朝去了。庾信也跑到北朝去了，所以最后他算是北朝诗人。庾信跑去的是北周，北周在庾信来以前，都不怎么会写格律诗的。所以庾信当时也挺可怜的，这么一个近体诗的高手，跑到一个不会写格律诗的国家去了，所以杜甫说他"庾信平生最萧瑟"。后来庾信一来，宫体诗在北周一下子就普及开了。在庾信的影响下，北周那帮戎马一生的贵族，愣喜欢上了宫体诗这么个软绵绵的东西。到后来唐朝建立以后，唐朝的那些贵族——主要是从北周贵族变来的，都喜欢近体诗。像李世民，那么一个大英雄，就好写个宫体诗，魏徵劝他都没用。北周和隋唐的贵族这么爱宫体诗，都是庾信的功劳，由此可见庾信的影响力之大。庾信是汉魏六朝文学的集大成者，从建安到隋唐，魏晋南北朝的诗学成果，在庾信这里是应有尽有。让香菱学庾信，我觉得学学宫体诗倒是学得了，要是让她学全了，那也是很难的。

林黛玉说的鲍，就是鲍照。鲍照比庾信早多了，他那时候还没有近体诗呢，跟谢灵运是一个朝代的，比谢灵运大概小一辈。鲍照出身比较寒微，所以他特别喜欢流行歌曲，他对七言古诗的贡献是巨大的。在他以前，就没什么七言诗，是他把这个体创出来的。后来加上声律，才成了歌行。鲍照的古体歌行，是从乐府里来的，所以带着乐府的那种柔媚，有时候尺度还挺大的，可比“良辰美景奈何天”尺度大多了。

鲍照还是齐梁文艺青年的偶像，齐梁文艺青年看曹植阮籍看不懂，就拿鲍照当“羲皇上人”，就跟今天的文艺青年喜欢仓央嘉措、纳兰性德一样。齐梁的诗风那么艳，也有学鲍照的成分。当然学得不好的地方，也不由鲍照负责。不过不能否认，鲍照的一些诗是挺艳的。香菱要是在家念鲍照的歌行，我估计宝姐姐也得说她。

另外，鲍照虽然出身寒素，他对贵族文化还是很接受的，他也是谢灵运的“脑残粉”，“清水出芙蓉，天然去雕饰”这话，其实原来就是鲍照夸谢灵运的，后来李白转述的。所以鲍照的五言诗，也有学谢灵运的地方。这个当然也不适合香菱学。

林黛玉举的这六个人，可以说是六朝最牛的诗人。当然，比他们牛的还有一个曹植，那是至高无上的存在，大概因为姓曹，曹雪芹没好意思说。他们的诗不一定都是古体，也不一定都是近体，可以说全面反映了近体诗形成过程中的种种状态，可以统称“六朝体”。学六朝体，比专门学古体，视野又开阔了，这个反映了曹雪芹那个时代诗人们的探索是丰富多彩的。

不过，盘点一圈下来，这六位没有一个适合香菱学的，林老师给香菱定的目标有点太高了。我们今天有了一定基础以后，也可以学这些六朝体，初学者可以先忽略。

怎样学诗？

林老师开好了参考书目之后，香菱就正式开始学诗了。曹雪芹又完整描写了学诗的过程。其实这也算是学诗攻略的一部分。

学诗怎么学呢？林黛玉交给香菱一本诗集。这个就是刚才推荐书目的第一本，王维的五律。曹雪芹那时候的人，学诗还是从五律开始学的，我们今天的人不一定都有那么古典的气质，一般是从七律开始学。

现在诗集拿在手里，怎么学呢？林黛玉告诉她："你只看有红圈的都是我选的。"第一步，先让老师给你选诗。你自己还不知道哪首诗好，得让老师给你选，给你圈出来，你去看。老师也不给你注释，也不给你讲，就给你圈红圈。诗这个东西，本质上是没法讲的。老师一讲，肯定好多东西可以讲，讲得也都对，但是容易分散你的注意力，最后你还是不知道什么是好诗。所以教诗的办法，就是不讲，光选，告诉你这是好诗，就完了，剩下的你自己去体会。所以靠谱的诗选，是好东西。刚开始学，还是得从诗选开始看。所以自古以来诗选这种东西都好卖。

老师给你选好了以后，你怎么学呢？林黛玉说："有一首念一首。"第二步是念诗，你照着老师选的，一首一首往下念。不用想太多，一会儿扯康德啦，一会儿扯弗洛伊德啦，你就老老实实地念。当然不是有口无心地念，念的时候你心里琢磨，这首诗为什么好，你喜欢哪一句，人家是怎么写出来的。不一定要琢磨出结果，有结果当然好，没结果也就算了，不用强行写读后感，只要你知道琢磨就行。

林黛玉这个办法，只给你选诗，不给你加注释。因为好诗的文本一般不会太难的，不加注释，大部分也可以读懂。如果加了注释，容易走神。我们看诗也是，不要有事没事去查字典，容易分散精力，其实你静下心来看，熟悉了那个语境，古人来回用的典故也就那么几个，诗没有那么难懂的。

但是有些地方实在读不懂怎么办呢？尤其香菱基础比较差，肯定还是有读不懂的地方。这就进入第三个环节——问诗。“不明白的问你姑娘，或者遇见我，我讲与你就是了。”问薛宝钗，问林黛玉，逮着谁问谁。

于是香菱就操练起来，晚上回去一首一首读起来。然后读得太晚了，薛老师就开始拖她后腿了。“宝钗连催他数次睡觉。”当然薛宝钗也是对的，学诗也不能不睡觉。《红楼梦》写人物性格就是这样，他写的每一个行为都是合理的，在合理的范围内，写人物的不同表现。比如学诗不睡觉，谁也受不了，去提醒她睡觉，也是应该的，但是这个戏份，就给宝钗，不给黛玉。林老师就负责给你布置作业。但是他不会写薛宝钗彻底不让你学诗，不会把人物极端化。宝钗催香菱睡觉，香菱不睡，不睡就算了，“宝钗见他这般苦心，只得随他去了”。这段主要是写香菱的勤奋，为了看诗，都不睡觉，就得这样才能把诗学出来呢。她之所以能这么勤奋，是因为她对诗是真心热爱。如果你对诗不是真心热爱，不觉得诗本身很有意思，光靠虚荣，觉得会写诗有面子，是不可能这么勤奋的。那香菱怎么做到这么热爱诗呢？还是她有天分，看到了诗能真心地喜欢，这也是天分。我觉得与其说天才出于勤奋，不如说勤奋出于天才。

曹雪芹在写香菱的勤奋、香菱的天才的同时，顺手也写了薛宝钗老师的性

清 费丹旭 《秦可卿太虚幻境》

格。薛宝钗是觉得，如果你没有那个天分就算了，不要那么苦地学。香菱如果不是真的热爱诗，薛宝钗这么一劝，她肯定就回去睡觉了。我也同意薛宝钗的态度，如果你不是那么热爱诗，就没必要熬着夜学诗，熬着夜学诗也没什么用。所以遇见这种玩命学诗的，还是应该往回劝一劝，反正该写诗的人劝也劝不回去，不该写诗的就别跟着受这个罪了。当然，如果你热爱，如果你坚持，那么我支持你，薛宝钗也支持你。

香菱看完了王维的五律，又去找林黛玉要杜甫的七律。林黛玉老师就要验收前一阶段的学习成果了。她让香菱谈谈感想。这就进入了学诗的第四个环节——讲诗。不是老师给你讲诗，是你自己讲，讲给老师听。“正要讲究讨论，方能长进。”你读诗的时候，是形成一个感性的认识，是模糊的。你自己讲一遍，有时候能发现好多你自己原来没发现的东西。所以你自己来讲诗，这是一个很重要的提高方式。

然后香菱就讲了，她有什么感想呢？她说：“诗的好处，有口里说不出来的意思，想去却是逼真的。有似乎无理的，想去竟是有理有情的。”

这里面的第一层意思，多数人都能体会得到，就是诗的语言跟日常语言是不同的，诗有自己的一套言说方式，你不能用日常语言的规则去规范它，更不能直接拿日常语言写诗。

但是，诗的语言跟日常语言到底哪儿不同呢？这个就很难讲了，很难全面说准确。这其实已经触及诗的语言特点了。

口里说不出来的意思，那种很微妙的东西，诗可以说出来。这是诗的一个元素：微妙。诗写出来，是无理的，看起来是不合理的，没逻辑的，但是这种无理的话，其实是最合理的，最有逻辑的。这是诗的另一个元素：无理。

这个无理不是真让你无理。没有逻辑一点也不难，你胡说就行了。有人说我逻辑思维太强，所以写不了诗，那不是的。诗里面这种没逻辑的话，其实是逻辑最强的。它比日常语言想得深，在逻辑的基础上，再往前想一步；或者你有一点别人没有的经验；或者如果是别人有的，但是被某些东西蒙蔽着，没有看清楚，没有写出来的经验。这个是最好的，要有这样的东西，才可以写诗。但是写诗的时候，不要把你的整个思考过程都写出来。你明明是通过严密的逻辑，一步一步地推出这个结果的，但是写到诗里，要把这个推导的步骤去掉，把搭的脚手架撤掉，就把最后的结果，一个空中楼阁，留在那里，这才是诗的语言。如果没有这个脚手架，你就是胡说，这句诗就立不住；如果不把这个脚手架撤了，那就不是诗，不是艺术。所以诗的语言，首先是看似无理的，其次它的这个无理必须是用很多的合理堆出来的。

什么叫“几千斤重的橄榄”？

香菱谈了她读诗的体会之后，林黛玉说，你再说点具体的。香菱就拿了一个具体的例子来说。她不是刚看了王维的五律嘛，所以就拿王维五律的句子来说。

香菱举了一个例子：“大漠孤烟直，长河落日圆。”她拈出“直”和“圆”这两个字来讲。这也是中国典型的批评方法，摘句论诗。从一首诗里，摘出一句来论。从一句诗里，再摘出一个字来论。句子是诗的基本单位，我们说我今天写诗了，至少要说我今天写了一句诗，不能说我今天写了一个字的诗。而一句诗的好，又经常体现在一个字用得好，这个字就叫“诗眼”。香菱认为，“直”和“圆”就是这两句的诗眼。

“直”和“圆”这两个字，正好代表了炼字的两个极端。香菱就说了，烟哪有直的啊，你这个不符合逻辑；日哪有不圆的啊，你这个是废话。所以她说，“直”字似无理，“圆”字似太俗。

当然，要回答她，你可以展开分析了。说烟也有直的，实在没有风的时候就是直的；说大漠上一片空旷，所以就显得落日特别圆了。但是曹雪芹在这讨论的不是这个，他讨论的是炼字的两个路数，“无理”和“太俗”。

所谓“无理”，就是离我们日常经验太远，我们日常经验烟没有直的，有一点空气流动它就弯了。但是他说“烟直”，不是胡说的，他是建立在比日常经验更多的经验上的。在大漠这个特殊环境下，就是会看见“孤烟直”，这是传达特殊的经验。这是炼字的一个路数，传达特殊的经验。

所谓“太俗”，就是离我们日常经验太近，陈述一个谁都知道的事实，比如太阳是圆的。你乍一看，这哪叫诗啊，太阳是圆的，谁不会说啊？你会说，但是你没说过呀。诗在传达一个特别日常的经验时，它不是为了传达这个经验，而是在表达一种情感。这个时候，就要注意诗人用这个字的环境。他写的这个景象，他这时候的心情，包括这一句的声音效果。比如这个“长河落日圆”，其实就是在写大漠上的一种寂寥的心情。这种心情就像太阳是圆的一样，是一个没得商量的事实。这是炼字的另一个路数。

“无理”的效果，是让你惊叹，原来烟也可以是直的啊。“太俗”的效果，是让你惊叹，原来还能这么写啊，还能写太阳是圆的啊。

清 王时敏《仿古山水册·桃花春水》

香菱在这儿说的是体物的诗，所以她说这两句诗的效果，其实就是体物追求的效果："合上书一想，倒像是见了这景的。"还原了这个形象，让读者觉得好像能看见这个形象，那作为体物，就成功了。

从字法的角度讲，"无理"也好，"太俗"也好，炼字最后要达到一个什么效果呢？"若说再找两个字换这两个，竟再找不出两个字来。"这就是炼字的终极目标，下字要稳。怎么就稳呢？就是你想再找一个字换这个字，换不掉。换不掉，就是稳；还能换，就是不稳。下字稳，这是看诗的一个很重要的标准。怎么才能稳呢？你给出了有意思的经验，而且这个经验是对的，就稳了。

然后香菱又举了第二个例子："日落江湖白，潮来天地青。"这里她找了"白"字和"青"字。这两个字的好处，也是"无理"，也就是传递了特殊的经验。日落的时候，看着江面湖面都白了；涨潮的时候，觉得天上地下都青了。这个也不是科学的记录，而是主观的感受，是一时的经验，是客观作用于主观的结果。

这两个字稳不稳呢？太稳了！太稳了就会是什么感觉呢？"念到嘴里倒像有几千斤重的一个橄榄"，这是稳的感觉。几千斤重的橄榄是什么感觉？一个是重，敦实，有一种力量感，对你的审美预期有一种冲击力。另一个，它还是橄榄，橄榄是涩的。橄榄不是一上来就给你甜，你吃到嘴里是涩的，涩完了回味才是甜的。涩，就是追求新奇，追求新奇，也是挑战你的审美预期，一上来不能让你舒服了，要让你觉得不舒服，不舒服，但是刺激，然后才是觉得好。

请大家注意，"几千斤重的一个橄榄"这个评价，不是随便下的，不是夸谁好都可以用的，这是一种特殊的追求，并不是放在什么文学作品上都合适的。我看到有人拿"几千斤重的一个橄榄"夸古风歌词，这就不合适。歌词不能像橄榄，歌词是用来唱的，像橄榄就没法唱了。歌是唱给人听的，要喝得醉醺醺的时候一听就懂，歌词得要入口即化，得是荔枝，最好是荔枝汁，千万不能像橄榄，更不能几千斤。

所以几千斤重的橄榄是什么文体的特征？是诗的特征，不能是歌词的特征。特别是中晚唐以后诗的特征。这种又重又涩的感觉，主要是韩愈以后才开始追求的，到宋朝就追求得更厉害了。橄榄这个比喻，本来就是形容宋诗的；跟橄榄相对的是荔枝，荔枝是比喻唐诗的。歌词要是像宋诗那就完了。你说人家歌词像橄榄，那是骂人呢，骂人家堆砌，不好唱。但是诗写成橄榄，就耐琢磨，就可以是好诗。初盛唐的诗，还带着歌词的劲儿，所以也是荔枝。但是从盛唐开始，已经有好多人往橄榄的方向探索了。别说杜甫了，就是王维也有。

然后香菱又举了第三个例子："渡头余落日，墟里上孤烟。"诗眼是"余"和"上"，两个动词。这个就是"太俗"的那个方向了。就是眼前的景致，用很朴素的字眼写出来。

你讲诗给老师听，老师要有个回应，有纠正，有补充。香菱讲诗讲得很好，林黛玉老师没有要纠正的，只有要补充的。林黛玉就着香菱第三个例子，又翻出一个问题来，就是化用的问题。前人有的句子，我们借鉴过来，加上一点自己的东西，变成自己的，这叫化用，是允许的，黄庭坚管这个叫"点铁成金"，这个不是抄袭。王维这两句诗，就是从陶渊明的"暧暧远人村，依依墟里烟"化用出来的。上调色盘的话，"墟里"和"烟"这两个意象，王维借的陶渊明。然后他把"暧暧远人村"换了，换成"渡头余落日"。意象换掉了，但是还是远景，还是黄昏，还是朦胧的感觉。陶渊明的"依依墟里烟"是名词句，纯粹是名词，王维给加了一个"上"字，变成一个有点重的句法，很朴实的一个字，也是像"长河落日圆"一样，很坐实，没商量。这就是化用的方法，意象换一换，字加一加。你喜欢他的意境，就拿过来用，用的时候加一点自己的东西。香菱也知道，"上"字是从"依依"两个字化出来的。这说明她已经懂得什么叫化用了。

别说话，去写诗！

香菱初步掌握了创作的基本知识以后，获得了第三个建议。这第三个建议是贾宝玉给她提的。

贾宝玉让她“也不用看诗”，因为“会心处不在多”，说“不用再讲，越发倒学杂了”。大概知道了写诗是怎么回事之后，也不要老讲，讲得太多，就教条了，沦为从概念到概念了。贾宝玉的建议是，不要再看诗，也不要再讲诗。

其实这个建议跟林黛玉的建议，精神是一致的，都是让她别去看那么多乱七八糟的辅导资料。林黛玉是让她别去看别人写的，贾宝玉是让她自己也别再参悟了，由内而外也不要生产那些诗格诗式了。第三个建议是，诗看到一定份儿上就别看了，讲到一定份儿上就别讲了，否则容易走火入魔。

那不看了不讲了，怎么办呢？这就进入下一个环节——写。到了这个份儿上，你就大胆写。贾宝玉说：“你就作起来，必是好的。”学写诗，一定要壮着胆子写，一定要迈出写的这一步。你半懂不懂的时候，写了也就写了，越是瞻前顾后，越是不写，越写不了。时间长了，你看的作品多了，积累的理论多了，岁数也大了，地位也高了，要是没写过，就再也写不了了。

所以，看了点诗，有了点感觉，就赶紧写。其实这也是一个循环往复的过程。看了一段诗，就不看了，就写。完了写一段诗，就不写了，再找新的诗集来看。这个循环往复的过程，就可以提高。一辈子都要这样不断地循环往复。并不是说你一旦开始写诗，就再也不读诗了。

这里曹雪芹还顺便写到，贾宝玉把林黛玉她们的诗拿给贾政的清客们看了。林黛玉听了就不高兴，说“我们的笔墨也不该传到外头去”。这里也有一个诗词文化，就是大家闺秀的作品，不能随便往外传播。这个当然是封建思想了。但是为什么会有这个讲究呢？写诗是这么好的事，为什么女孩子的诗不能随便拿给人看呢？

其实我理解，这里是一个炒作的问题。一个年轻女孩子的诗流传出去，在中国的传统里，大家是会很感兴趣的。大家不要想象古代中国社会对女性的创作是直接打压，其实社会对女性创作是鼓励的。同等水平下，女性比男性收获的赞扬要多多了。一个女孩子还会写诗，这是一个炒作点。

但是，年轻女孩的诗传得太广，也不一定是好事。传得广了，是非就多，

清 陈枚《月曼清游图册·杨柳荡千》

清 孙温 《林黛玉初至宁国府》

知道的人多了，有人觉得你写得好，也有人觉得你写得不好。包括出于嫉妒，恶意诋毁你的人肯定也有。他们都不知道你是怎么一个人，就觉得你的诗既然传得这么广，有那么多人称赞你，你肯定是一个特别做作的人。甚至于有的长辈看了，也会觉得你这个孩子是不是太轻浮了，名利心太重了，反而不喜欢你。这个问题也适用于年轻的男孩子。也不建议他们太早把诗拿出去炒作。

有人说了，那毕竟还是称赞我的人多啊。但是，对于一个年轻人来说，特别是对于一个大家闺秀来说，这种称赞其实是没什么用的。你还没有出去做事，这种称赞对你没有实际的好处，反而大家对你的反感，会对你有实际的伤害。等到你出去求取功名，出去做事的时候，才需要争取这种赞誉。对于古代的女孩子来说，她一辈子没有求取功名的机会，那么这种赞誉永远是没有用的。对于男孩子来说，太小的时候获得这种赞誉，也是没有用的。

当然有一种情况，就是出身贫寒的女孩子，特别迫切地想要通过炒作自己，来提升地位，那她是需要这种赞誉的。但是你想一想，这样的女孩子，其实也是让人看不起的。像薛宝钗、林黛玉，她们生下来就在一个很高的阶层，她们其实是不需要“才女”名声的。所以一个女孩子，如果过于积极地争取才女的名声，在这个语境下，大家就会预设，她是那种迫切需要提升阶层的女孩子。这其实不是什么好名声。甚至于如果一个年轻的女孩子，到处被人称为才女，大家都会预设，她是那种功名心强又好欺负的女孩子。这就可以看出文化演变的无常。本来才女是大家都喜欢的，但是在各种因素的作用下，日久天长，大家反而对才女形成了不好的刻板印象。弄得像宝钗黛玉这样的大家闺秀，反而忌讳人家说自己是才女了。

在此也提醒我们今天的大学生，不管男孩女孩，在你比较年轻的时候，写诗主要还是用来愉悦性情的，不要去追求名声，不要太急着把诗拿给很多人看。什么时候可以拿出来，当你开始出来做事，需要别人了解你的时候。如果你不明白我这个话的意思，说明你还不到把诗拿出来的时候。

这是岔出去一笔，然后我们跟着曹雪芹回到正题。林黛玉让香菱去写一首诗来。她给香菱限定了什么要求呢？也就是说，我们学诗，我们写人生的第一首诗，应该写些什么呢？

林黛玉让香菱写一首咏月的诗，用十四寒的韵，具体的韵脚字不限。这也是给初学者布置的作业。我们一开始写诗，当然有感而发最好。但如果你不知道写什么，第一首可以写咏物诗。咏物诗是最基本的，永明时代近体诗刚诞生的时候，最初就是咏物诗，可以说咏物诗是近体诗最原始的题材。而且咏物诗也不一定要有感而发，纯粹体物也可以。这样你第一次写诗，有个地方下笔，不至于哪儿都抓不着。

初学者写诗，最好限韵，给你限定一个韵部，你照着写去。大家不要以为限韵很难，其实给你限韵，也是怕你不知道从哪儿下笔。限定了一个韵，范围就缩小了很多，你对着韵书上的这一韵去看，也能给你提供点思路。

甚至你都可以一上来就次韵，按着人家的韵脚字来写，或者老师把五个韵脚字给你规定好了，这样就进一步给你缩小了范围。但是坏处是限制得太死，有时候这个字你实在想不好怎么押。如果这样的话，你也不妨换个韵脚字，反正是练习嘛。

韵部的选择，也是有讲究的，不同的韵部，适合写的题材是不一样的。这个得由老师来负责把关。林黛玉给香菱挑了十四寒这个韵，挑得也挺好。一个是这个韵宽，字多，常用字也多。一个是这个韵比较唯美，这个声音适合咏月，适合咏月的字也多。

挑好了韵，就开始写诗了。中国传统的诗学是实践性很强的。你看的诗再多，懂的理论再多，还是得上手亲自写一写，才知道是怎么回事。写过诗的人，特别是写诗比较多的人，跟没写过的人，看诗的角度是不一样的。

前两首为什么不好？

好了，现在香菱进入了最后一个环节——写诗。曹雪芹主要写了初学者第一次写诗时构思的辛苦，和初学者容易犯的毛病。曹雪芹写的都是很真实的。

香菱第一次回去作诗，构思得比较辛苦。“苦思一回作两句诗”，然后又拿起杜诗来读两首。初学者作诗，是一句一句出来的，想半天，出来两句。在学诗以后相当长一段时间里，你如果这一天要作诗，那你这一天基本上就干不成别的了。一会儿想起来写两句，一会儿想起来再改改，根本没心思干别的。而且一句要改多少回。作诗的间隙里，你只能干点不那么系统的事，比如拿两首诗看一看。

香菱作诗，作得是“茶饭无心，坐卧不定”。这八个字写初学者作诗，也很真实。饭也不吃了，坐也坐不住，满脑子想的就是诗。所以薛宝钗又来往下拉她了，说“何苦自寻烦恼”。这是薛宝钗的台词，意思是，实在不行就算了。说“都是颦儿引的你，我和她算账去”。说“你本来呆头呆脑的，再添上这个，越发弄成个呆子了”。薛宝钗说香菱呆，这是爱惜她的话，心疼她为学诗太费心了，不能理解成薛宝钗嫌弃香菱。但是这里隐含着薛宝钗一个一贯的思想，你不是跟林黛玉一样的人，就别非得学林黛玉了，太辛苦了。我现在听中学生说想学古代文学，也是这个心情。道理上我是支持的，我也是这么过来的，但是难免会为她担心。因为再怎么会看脸，只能看出这个人不行，谁也不能确保这个人行。在你真正上道之前，谁也不能确定你真有这个才能。如果没有这个才能，跟着学就太辛苦了。所以有同学想跳古代文学这个火坑的时候，老师都会劝他慎重考虑。薛宝钗看香菱也是这个心情，在香菱写出诗来之前，没有人能确定她能写出像样的诗，所以薛宝钗劝她，不行就算了。当然，她不会说“不行”，不会这么去伤人自尊的，所以她只说“算了”，说别再为学诗学成呆子了。这里头其实是有半句话没说出来的，并不是说学写诗的人都能学成呆子。

香菱说，“好姑娘，别混我”。拒绝薛宝钗拖她后腿。然后她就写出了第一首诗：

月挂中天夜色寒，清光皎皎影团团。
诗人助兴常思玩，野客添愁不忍观。
翡翠楼边悬玉镜，珍珠帘外挂冰盘。
良宵何用烧银烛，晴彩辉煌映画栏。

第一首诗不好，是很不好。薛宝钗说：“这个不好，不是这个作法。”林黛玉的评价是“意思却有，只是措词不雅”。

这第一首诗到底怎么了呢？其实曹雪芹在香菱这三首诗里，贯彻的还是前面说的一个原则，“虚的对实的”。香菱的第一首诗和第二首诗其实是对起来的。第一首是太实了，第二首是太虚了，所以都不好。到第三首变好了，因为她学会虚虚实实了，写诗就得要

清 陈枚《四季花鸟图屏》

虚虚实实。一般来说，最初级的初学者容易写得太实了，有点基础以后容易写得太虚了。太实的，一般人都能看出不好来。虚的毛病，一般人不太注意，好多人也就不改了。曹雪芹写的这个顺序，也是符合现实的。

第一首诗就是太实了，光会正面描写。脂砚斋评林黛玉的菊花诗，说“虚敲旁比，真逸才也”。香菱第一首就一点也不会“虚敲旁比”。“翡翠楼边悬玉镜，珍珠帘外挂冰盘。”这种句子就太老实了，谁来看也知道不好。句法也太简单了，就是日常语言的顺序，一点设计都没有。前面写什么“月挂中天”“清光皎皎”，这也都太正面了，不肯深想一步。颔联“诗人”“野客”算是从人的角度去衬托一下，但是这个陪笔也写得很笨。而且她每一句都是主谓宾，这也是初学者的写法。一个是还是日常语言的习惯，不知道诗的语言可以省略，可以倒装。一个是太关注名词了。每一句诗都是围着名词转，不知道可以在动词、副词甚至语气词上做文章。去掉这种对名词的执念，就可以显得稍微老练一点。

所以香菱第一首诗给人的印象，就像她这首诗的尾联一样，“良宵何用烧银烛”，太亮了，月亮太亮了也瘆得慌。“晴彩辉煌映画栏”，太热闹了，太亮了，其实就显得土了。

这是写诗的第一个阶段。基础好的同学，对诗的语言本来就有感觉的同学，有时候可以跳过这个阶段，直接进入第二个阶段。怎么能对诗的语言有感觉呢？你得事先看过足够的诗，看的诗多了，自然就知道诗应该怎么说话了，抛弃日常语言的习惯就比较容易了。香菱没有这个基础，她没有诗的语言习惯。尤其是她刚看了王维的五律，王维的五律相对来说是比较实的，对名词的执念比较重。所以林黛玉给她找原因，说“皆因你看的诗少，被他缚住了”。所以太实的问题，还是要多看诗来解决。

那眼下这首写得不好怎么办呢？林黛玉说：“把这首丢开，再作一首。”注

清 孙温 《寄闲情淑女解琴书》

意，不要改，重新写一首，原来那首就不要了。你的第一首诗，你自己是初学的水平，改是改不出名堂的，就重新写。而且林黛玉的建议是，“只管放开胆子去作”。这个建议是针对这个阶段的初学者的，如果太实了，就放开胆子作，想想除了日常的语言习惯，话还可以怎么说。

香菱回去就更用功了，“越性连房也不入，只在池边树下，或坐在山石上出神，或蹲在地下抠土”。这个写初学者写诗时那种搜肠刮肚，也很形象。痴痴呆呆的，跟有病一样。我们那时候写诗，大概在校园里也是这个德性，也是蹲在地下抠土。为什么抠土呢？那是打草稿呢。初学者写诗，就得在纸上乱画，在那里跟排座次一样地排，这个地方用这个字，那个地方就不能再用这个字了。“他皱一回眉，又自己含笑一回。”皱眉是想不出来这个地方填什么字了，含笑就是想出一两个自己得意的字来了。甚至她觉都不好好睡了，“嘟嘟哝哝直闹到五更天才睡下，没一顿饭的工夫天就亮了”。就又起来了。刚学写诗的时候，不知道什么时候就来了灵感，半夜来了灵感，半夜爬起来写。当然半夜爬起来写的未必就是好诗。你不知道什么时候来灵感，说明你还比较缺乏写诗的经验，还属于学诗的阶段。

这样香菱写出来了第二首：

非银非水映窗寒，试看晴空护玉盘。
淡淡梅花香欲染，丝丝柳带露初干。
只疑残粉涂金砌，恍若轻霜抹玉栏。
梦醒西楼人迹绝，余容犹可隔帘看。

第二首的毛病是太虚了。我当初看小说的时候，觉得第二首怎么了？不是挺好的吗？太实的毛病容易看出来，太虚的毛病不容易看出来。到这个阶段，其实已经算是有一定水平了。所以林黛玉说：“自然算难为他了。”但是还不好。林黛玉说这首太“穿凿”了。写诗是要发散的，但是光虚不实，太发散了，就叫“穿凿”了。

这一首完全是衬托，给人的感觉就是“非银非水”。“试看晴空”，写月亮不是照着大光面写了，知道写周围的天空了。这首诗没有一句是名词开头的，八句全没有主语。颔联是“淡淡”，形容词开头；颈联是“只疑”，副词开头。知道写没有主语的句子，这就说明开始掌握诗的语言了。颔联用月光照在梅花、柳带上的效果去衬托。颈联写人看到月光的感受，像什么像什么。但是光写这个，就显得虚，诗里没有实在的东西，就有轻的感觉。尾联处自己也说，好像就是一个梦，醒了就找不着人了，好像是隔着帘子看月亮。这也是这首诗给人的感觉。上一首“晴彩辉煌映画栏”，太土；这一首“梦醒西楼人迹绝”，太造作了。

这种轻飘飘的诗，其实就是才女诗的腔调。女生写诗，不怕艳，就怕轻。就怕你句法很熟练了，写出来的话念着都很像诗，但是怕写出来笨句子，不敢往里放内容，不敢使劲，就写这种花架子，美其名曰我就图个轻松。这样写得

南宋 刘松年（传）《宫女图》

很快，但是写多了，其实就是千篇一律，没什么变化，没什么意思。这种轻飘飘的调子，晚唐的时候很流行，现在也很流行，显得作者很不稳重，还不容易看出来，写诗的时候一定要避免。

薛宝钗为什么说这首诗不是咏月，是咏月色呢？就是因为它太虚了，太不正面了。当然比起上一首，这一首还是值得鼓励的，“诗从胡说来”，起码她敢“放开胆子去作”了，胡说也比束缚住了要好。

第三首为什么好？

香菱原来自以为这首已经“妙绝”了，没想到大家还是觉得不好。这也是古往今来写诗者必然要受的一个折磨。钟嵘在《诗品》里就说，“独观谓为警策，众睹终沦平钝”，就是这个意思。你自己花了大的心血写出来的东西，自己怎么看怎么好，拿出来大家一看，其实很一般嘛。相信我，你不是一个人，大家都有这样的经历，而且会一直有。当然初学者这种情况会更多。我印象特别深，曾经有一个初学者，我跟她说你这个诗有什么问题，她一下子就崩溃了，说：“你知道人家光是调平仄就花了多少心血吗？你随便一句话就给否定了？”这是典型的初学者的感受，写得时间长了就会好一点，因为习惯了，而且调平仄也不需要花那么多心血了。

香菱回去就继续用功，自己走至阶前竹下闲步，耳不旁听，目不别视，曹雪芹用了一个形容，“挖心搜胆”。贾探春说了她一个“你闲闲罢”，香菱回答了一个，“闲字是十五删的，你错了韵了”。这也是初学者的状态，因为我们平水韵都是从头学起的，跟日常语言是有距离的，所以有一个阶段你看见一个字就在想，这个字是什么韵的。你也必须要有这个过程，才能把平水韵记结实了。

而且，其实十五删和十四寒挺近的，经常借押的，也就是初学者会特别在意十五删和十四寒的区别。包括香菱写出来第三首，“缘何不使永团圆”，那个“圆”字就是借的一先的韵，就不是十四寒的。这个字还弄得红学家们很头疼。有人就想她不是不借旁韵吗？就硬从十四寒里找了一个字，给改成“永团圞”，一个不怎么常用的字。其实，这就有点过分认真了。借旁韵这样的问题，是小问题。

最后香菱是在梦里写出来的诗。我们经常有梦中得句的现象，梦中得句当然不是神灵的指示，而是你白天想得太多了，梦里还在继续想。这种在心里萦绕了很久，最后凝结成的句子，比较容易是好句子，这是梦中得句容易是好句的原因。

香菱第三首诗是这样的：

> 精华欲掩料应难，影自娟娟魄自寒。
> 一片砧敲千里白，半轮鸡唱五更残。
> 绿蓑江上秋闻笛，红袖楼头夜倚栏。
> 博得嫦娥应自问，缘何不使永团圆！

这首就写得好了，好在虚实相生。你看她每一句，都有虚敲旁比的地方，又都有落实在形象上的地方。第一句，“精华欲掩料应难”，你仔细看，“欲掩料应难”，五个字其实都是虚的，就一个“精华”是实词，也是一个很虚的名词。但是你不觉得这句是虚写。这句是实写，写的也是第一首那个月亮很亮的

清 孙温《柳叶渚边嗔莺咤燕 绛云轩里召将飞符》

感觉，一轮当空皓月，你觉得是有一个形象的。什么形象，她又没具体形容。好像旁边有一点云彩，想要遮掩一下，又遮掩不住。没这一点云彩，就不艺术，遮掩住了，反而太造作了，不敞亮。

“影自娟娟魄自寒”，这个也感觉是很实的描写。但是她实中有虚。“影”其实是个很虚的东西，就要写出它的形象来，写它“娟娟”，好像有一个行动的

明 陈洪绶《杂画》

轨迹。“魄”就是身体，是个实在的东西，月魄就是月亮的光，是实在可见的，写它寒，这是一个实在的形象。但是“寒”又是触觉，本来是不可以诉诸视觉的，用“寒”来写视觉，又是虚的。

颔联，正面写月亮，这个是实写。实写，就得注意从侧面来烘托，要引入其他的相关形象。所以就引入了砧，引入了鸡。颔联的句法其实非常精巧。“一片砧敲千里白”，怎么断句呢？是不是“一片砧”是主语，“敲”是谓语，“千里白”是宾语，主谓宾呢？好像也通。但是下联跟它对仗，就不通了，你不能说“半轮鸡”是主语，“半轮鸡”就不成话了。所以这两句其实是一片白光对半轮残月，“一片白”对“半轮残”。一片什么样的白呢？一片砧敲千里的白，半轮什么样的残月呢？半轮鸡唱五更的残月。“砧敲千里”和“鸡唱五更”都是定语。这个句子其实整个是一个名词性的短语，也就是“名词句”，是一种比较老练的句法。尤其是“白”和“残”，本来都是形容词，在这里做名词性成分，其实就是用月亮的性状，来代指月亮本身，这是很老练的用法。

然后我们看她用定语的方法。写月光的颜色，一片白。这一片白是千里的白，千里万里都是这一片月光。在这月光照耀下的千里万里，都响着砧声。要是说在千里的白月光下面，响着砧声，这就是散文的句法。要说砧声敲打着千里的白月光，这就是诗的语言。为什么呢？因为白月光是虚的，是不能敲打的。你来敲打它，就是把虚的东西坐实了，就是诗的语言。再拐个弯，做成名词句，说“被砧声敲打了一千里的白月光”，再稍微润色一下，“那一片被砧声敲打了千里的白月光”，这就是很漂亮的句子了。下联的结构也可以对应起来，那半轮被鸡鸣唱响在五更的残月。

另外，这里面她用了数字对仗。每一句都有两个数字。一对半，千对五，这也是语言的技巧。使用数字，使用颜色，都会显得特别有形象感。当然这是小技巧，你不能光靠这个。

明 项圣谟 《秋景图》

颔联实写了，颈联就必须虚写。不能再写月亮的形象了，要从看月亮的人来写。“绿蓑江上秋闻笛”，披着绿蓑，在江上，秋天里，听到笛声的人，在看月亮，这是男的。“红袖楼头夜倚栏”，穿着红袖的衣服，在楼头，晚上靠着栏杆的人，在看月亮，这是女的。江上的人和楼头的人，好像构成一种相思的关系。其实这不是这首诗的主题，这都是衬托月亮的。相思的设定，只是顺手写到的。当然，用相思来写，会比较吸引人。这两句里面的形象很密集，每一句都有三个名词，上联是蓑、江、笛，下联是袖、楼、栏。“红”对“绿”，“秋”对“夜”，形象感也很强。因为看月亮的人是陪着写的，是衬托月亮的，属于虚的。越是虚的，越是衬托，越要往实写，所以这种地方，不怕意象多。衬托的句子，你就不能光写“淡淡梅花香欲染”，那就飘了。不怕你写得实，不怕你写得艳，只要你是在虚的地方实、在虚的地方艳。

既然颈联带出相思来了，那尾联索性就用相思结。说嫦娥都得问自己了，月亮为什么不能永远团圆呢？人为什么不能永远团圆呢？还是落到月亮的形象上来，承着上面那个“残”来说，为什么月亮要残呢？为什么不能团圆呢？用形象的团圆关合人情的团圆。尾联一般是议论，是虚的，但是虚的议论，也不能脱离实的形象。

咏物诗是为文造情的，所以写到哪一种情，首先是跟物的形象相关，不能脱离形象去写。香菱写到人不能团圆，首先是因为月亮存在不能团圆这个问题，不一定是她自己存在不能团圆这个问题。一个人不需要有个情哥哥在江上漂着，也可以写月亮不能团圆的。这种时候你如果去“开脑洞”，说是不是预示着香菱以后有这样的经历呀？然后就开始索隐了，那就又呆了。当然，如果一个人身世比较悲惨，看见月亮就容易往不能团圆上去想，这就是所谓兴寄了。兴寄是自然而然的，不是有意的。

到这儿我就把香菱学诗的故事一句一句地解释完了。这个也可以算是曹雪芹诗学思想的一个纲领，包括学诗的攻略，还有写诗的一些基本原则。后面我就按文体，一个文体一个文体地讲《红楼梦》里的诗词文化。

五律：什么时候写五律？

什么叫应制诗?

元春省亲的时候，就召集家里的这些小孩子，让他们作诗。这个场景，其实是在模拟皇帝让大臣写应制诗的场景。

中国古代有一个传统，就是皇帝会把大臣召集起来，请他们吃饭，带他们玩，然后让他们写诗。这帮大臣在这种情况下写的诗，肯定得按皇上的意思，一般就是写吃了什么，玩了什么，然后歌颂一下皇上，这个就叫应制诗。历朝历代的皇上为什么要搞这个活动呢？因为觉得这样比较风雅。

在中古时代，有一个传统，就是皇上或者实际的最高统治者，要做文学的东道主。这个东道主，不是光出钱请吃饭的，还要亲自动笔写诗，不仅要写，而且还要写得最好。中古时代的皇帝，很多真的是当时第一流的诗人，这个不是我奉承他们，是真的，有传世的作品为证。所以有一句诗，叫“六朝才子至尊多”，六朝时代的才子，净是当皇上的。从曹操开始，曹操曹丕曹植，这爷仨，是当时实际的最高统治者，他们都是当时最好的诗人。之后司马家没出息，没出诗人。刘宋的开国皇帝刘裕是个大老粗，不会写，他倒也想硬撑着写来着，谢晦出来阻拦，说算了皇上，您别丢人了。你说说谢家人那时候多牛吧。到了他孙子刘骏这儿，第三辈皇上，写诗就写得很像样了，就当得了这个文学东道主了。然后姓萧的，梁武帝萧衍，没当皇上的时候就是竟陵八友之一，就是一流的诗人，他当了皇上，那也是才子皇帝。然后他的三个儿子，萧统萧纲萧绎，都是第一流的诗人，都是文学东道主。到了陈朝，有陈后主。到了隋朝，有隋炀帝。这俩虽然是亡国之君，但是诗写得都好，都是当时的文学东道主。其实他们写诗，也是继承曹操以来的传统的。然后到唐朝，李世民，诗也写得好，其实也是文学东道主。李世民没亡国。可见亡国跟皇上写不写诗没有必然的联系，它在中古就是一个传统，自然而然的事。后来李世民的儿子李治，儿媳妇武则天，重孙子李隆基，都写诗，都在这个传统里呢。后来的唐

清 改琦《红楼梦图咏·司棋》

朝皇上也都在努力写诗，但是写得就没有以前的皇上好了，比起同时代的创作水平，他们就不能算是第一流的诗人了，这个传统也就衰落了。到了宋朝，大多数皇上的创作也就是应个景，礼貌性地写一写，谈不上艺术性了，宋徽宗写的那是词。再往后，大伙儿就不知道皇上应该写诗了。其实，本来皇上就应该是第一流的诗人。

皇上写诗，周围当然就有一大帮人陪着他一块写，这帮人当然也都是那个时代的一流诗人。后来皇上不怎么写了，周围还是围着一帮人，天天写诗。皇帝身边要有一帮人会写诗的人，这些人要写应制诗，这是中国古代的一个习惯。

这个文学东道主，有时候是皇上，有时候是掌握实权的皇太子，有时候是实际掌握最高统治权的别的什么人。比如萧纲当东道主的时候就是太子，曹操当东道主的时候就既不是皇上也不是太子。但是意思都是一样的。严格说，只有皇上让你写的诗，才叫“应制诗”，“制”的意思，就是皇上的命令。如果是太子让你写的，就叫“应教诗”，太子的命令叫“教”。如果是别的“牛人”让你写的，就叫“应令诗”。我们现在没必要区分，都叫“应制诗”也可以。比如贾元春就不是皇上，但是她召集大家写诗，跟皇上召集大家写诗差不多一个意思。从曹雪芹写的这个情节，我们大概可以知道古时候写应制诗是怎么回事。

有人说应制诗不好，没什么艺术性，这个话是对的，但是你也得正确理解。每个人的应制诗肯定不是他自己最好的诗。你想想这个环境下，怎么可能写出最好的诗。本来你自己不一定想写诗的，最好的诗，必须是你自己想写的诗，你不想写但人家让你写，那是写不好的，何况应制的时候，你还得揣摩皇上的心思，净琢磨怎么谄媚一下皇上了，还得随时提防着哪句话说得不对了惹皇上不高兴。但是我得说，不好是跟自己比，一流诗人写的应制诗，比一般人写的真情实感的诗，其实还是好很多的。他没自己写得好，但是比你写得好。所以不要一说应制诗就看不起它。

清　孙温　《贾元春才选凤藻宫　林黛玉却赐鹡香串》

实际上，写应制诗，对艺术技巧是一个很好的锻炼。因为你没有非说不可的话，大家说的都是差不多的意思，你就会把精力放在锤炼句子上，想着我怎么把句子弄得特别精致，比别人强。写应制诗，竞争性特别强，大家肯定都会有个评判，谁写得好。近体诗形成的过程中，几次大的推进，都是在这种写应制诗的团体中完成的。对个人来说，应制诗对提高艺术技巧的帮助就更明显了。你先把技巧磨炼好了，将来遇着事，再拿你这技术去写真情实感，才能写出好诗来。

写应制诗的艺术，除了把句子写得漂亮以外，还有很重要的一点，就是谄媚皇上的意思。最起码你得琢磨，我千万不能说出犯忌的话，别说有歧义的话，别说皇上有可能不高兴的话。要求再高一点，我当然要夸皇上，但是不能夸得太俗了，不能太露骨了，要夸得巧妙，夸得合理，夸得含蓄。这个是要功夫的。

我们现在没皇上了，不用谄媚什么人了，但是在人际交往中，跟人写酬赠诗的时候，也得琢磨，不能写让人家不高兴的话，不能有歧义，要夸人家，还要夸得含蓄。这么琢磨，不仅是礼貌的要求，也可以帮你提高诗歌技巧。

元春省亲的时候，一共七个人写了诗（第十八回），这个七个人一共写了三种体裁，分成三个档次，七绝最低，七律居中，五律最高。这里我们先把七绝和七律说明白了，五律放到下一节去讲。

最低一档，迎春探春惜春，写的是七绝。她们写的其实也不符合七绝的要求，就跟我们今天的人一样，凑不出来八句了，就写个四句，也没对仗什么的。她们这时候都还小呢，还不太会写，而且本来也不是什么有才华的人。元妃娘娘让写，她们就凑合跟着写写。她们写的诗，说来说去都没什么意思，也没什么好句子。

贾迎春那首《旷性怡情》是这样的：

园成景备特精奇，奉命羞题额旷怡。
谁信世间有此境，游来宁不畅神思？

前两句说我是奉命写的。真正会写应制诗的，不用老说我是奉命写的。她说一句这个，其实是心虚，说我不会啊，是娘娘姐姐让我写，我不敢不写啊，不赖我啊。我们今天写诗也是，还不太会写的时候，题目可麻烦了，一会儿拟古了，一会儿代笔了，就是不愿意承认我是真心实意有感而发的，其实都是怕写不好被人家笑话。真会写了，就没这些麻烦事了，什么就是什么。贾迎春写，“奉命羞题额旷怡”，这话也半通不通的，前后重复，说明她还不太熟悉句法，凑七个字儿还挺费劲的。后半首，写“谁信人间有此境”，写“游来宁不畅神思”，看起来都是很高的赞扬，其实都是废话，什么具体内容也没有。就像我们今天写作文，写到后头没词儿了，“我此时激动的心情，不是用语言可以表达的啊！”看着好像挺激动的，其实就是没词儿了。真没词儿的时候，说这么一句也是个好办法，显得你激动。

贾探春那首《万象争辉》，意思跟贾迎春是一样的，但是表达稍微好一点：

名园筑出势巍巍，奉命何惭学浅微。
精妙一时言不出，果然万物生光辉。

探春总归是比迎春聪明。前两句，也是说，我这诗是奉命写的啊，写得不好别笑话我，赖就赖娘娘去。但是她写大观园“势巍巍”，比迎春写“特精奇”，就像点人话。写自己“奉命何惭学浅微”，比“奉命羞题额旷怡”，也像人话，起码句子是顺的。后两句，她也是说，“我此时激动的心情，不是用语言可以表达的啊！”写“精妙一时言不出”，意思是一样的，表达稍微好一点。“果然万物有光辉”，这句说得就比较勉强。

惜春那首《文章造化》，也不大有意思：

山水横拖千里外，楼台高起五云中。
园修日月光辉里，景夺文章造化功。

她稍微有个好处，就是会写对联。迎春探春一个对仗句也没有。这也是今天一些人的办法，写不出来对仗句，我就光写绝句。惜春这个，两联都是对仗句。而且惜春是个画画的，对形象比较关注，写的形象性比较强。惜春是个比

南宋 马麟《梅竹图》

较冷的人，她就没有她两个姐姐那么多废话，什么奉命啊，惭愧啊，无法用语言表达啊，她没有这个，她就关注形象，这一点有点像谢灵运。这就比她两个姐姐稍微像点样。另外，她写“五云中”，估计也是看了《长恨歌》“楼阁玲珑五云起”了，而且喜欢，记住了，这个也暗示她以后要出家。

总之，写七绝的这三位，写得都一般，属于不太会写的。

中间一档，是写七律的，李纨和薛宝钗。

到曹雪芹这个时候，大家还是觉得写七律比较顺手，所以会写诗但是追求不是特别高的人，都爱写七律。当时就有人“吐槽”说，要看谁的诗集，开篇就是一堆七律，这个诗肯定不好。

我刚开始学的时候，也是写七律，所以看到这话很不服气，七律怎么了，人家杜甫、李商隐那七律写得多牛啊。现在我觉得这话还是对的，因为你要是写了好多年诗的人，特别是当个网红拿自己的诗去给别人看了，还是光写七律，说明这个人懒，写的诗就容易轻。杜甫、李商隐七律写得好，但人家不懒，什么诗体都会写，七律才能写得好。除了七律什么也不写的人，是不可能像杜甫、李商隐那样去琢磨七律是怎么写的。这个现象，可能曹雪芹那个时代也是有的。

李纨和薛宝钗两个人的七律，就属于会写诗的人写的不太好的七律。

李纨这个人，蔡义江先生给她一个评价，有修养但是没才情，这个评价是很准确的。她从小家教很好，从小这些都学过。但是她不是一个自我特别强大的人，所以不适合写诗。李纨这种人的存在充分说明，一个人不是出身高贵就必然有贵族性的，国子监祭酒的女儿，可能并没有一个强大的自我。

李纨的《文采风流》写出来是这样的：

秀水明山抱复回，风流文采胜蓬莱。
绿裁歌扇迷芳草，红衬湘裙舞落梅。
珠玉自应传盛世，神仙何幸下瑶台。
名园一自邀游赏，未许凡人到此来。

这首诗，用的十灰的韵。《红楼梦》里，除了写红梅花拿“梅”字做韵脚不算，就李纨一个人用十灰的韵。十灰这个韵不好用，可用的字其实并不多，而且比较灰暗。李商隐爱用，经常表现一种压抑、低回的调子。这个韵不响，李纨用这个韵，也透着是寡妇腔。

李纨这首诗还是规规矩矩的，一招一式，都看得出是学过的。“秀水明山

清 孙温《滴翠亭宝钗戏彩蝶》

抱复回”，其实你看她句子的骨架，很老到，把词与词的关系安排得很好，不像现在有的同学，写格律诗也跟写古风歌词似的。但是，从内容说，这种句子没什么意思，没有什么新鲜东西，所以仍然不是好诗。下一句，“风流文采胜蓬莱”，这种措辞就很俗了。这就是蔡先生说的，有修养没才情。

中间两个对仗句，她还是努力弄得很漂亮的。颔联的句法其实很复杂，主语都是一个字。一个字单独出来，这是手熟了才会这么写的，新手肯定给你俩字俩字地蹦。然后后面还有一个动词，每句两个动词，其实要写熟了才能安排

了。你七个字能说清楚的一句话，换成五个字，不一定能说清楚。更重要的是，五律跟七律的语体要求不一样，五律更接近古体，要追求“古”的感觉。所谓“古”的感觉，就是典雅的、克制的，有一点风骨的感觉。你要写出这种感觉来，就得从心里认同古人的价值观，而你要认同古人的价值观，就要先理解古人的价值观，这对现代人来说，要求太高了。没有这种“古”的感觉，是写不好五律的。现在有的同学，听见一句价值观稍微保守一点的话，就举个小旗，说都什么年代了，怎么还讲这个，批判批判。这样的同学，别写五律。现代人写五律能写得像模像样的，已经很少了。就是曹雪芹那个时候，七律还是比较普及的，能写好五律的已经很少了。所以曹雪芹也是把五律留给了他心目中最高级的人物。在《红楼梦》里，一般人也已经不会写五律了。我们今天更得知道，不是什么人都可以写五律的，得像贾宝玉、林黛玉一样的人物，才可以写五律。

林黛玉应付得怎么样？

元春省亲的时候，贾宝玉和林黛玉一共写了五首五律，这五首五律又可以分为三等。林黛玉替贾宝玉写的一首最好，林黛玉自己写的一首是“胡乱作”的，贾宝玉写的三首就是中间一档了。

女孩儿里只有林黛玉写五律。林黛玉这个人物，其实很有古代男性士人的气质。她的诗学水平，也明显比别的姐妹高。可以想见，林黛玉平时写诗一直是最好的，她平常出风头已经出惯了，所以才会有在元春省亲的时候“大展奇才”的思想。对于一个习惯出风头的人来说，有这个想法是自然的。她不是特别要让元妃赏识她，或者把别人比下去，她就是习惯了风头应该是她的，就像一个老考第一的同学，一到考试，自然就觉得第一是自己的一样。

但是林黛玉忽略了一个问题，贾元春回来不是看她来了，是看贾宝玉来了。首先人家贾宝玉是亲弟弟，是自己家人，而且是贾元春亲自教过的，黛玉和宝钗毕竟只是表妹。再一个，贾宝玉毕竟是男的，那时候男的读书写诗是分内的事，女孩儿写诗不是分内事。当然你写更好，但是人家来之前，预设你是

宋 佚名《夜合花图》

不写的。所以人家贾元春来之前，没准备看姐妹们写诗，就准备看贾宝玉写诗。这也是人之常情，也不用说是性别歧视或者出身歧视什么的。

当然，贾府的大人就复杂一点，肯定为了讨元妃开心，得特别突出贾宝玉。

对林黛玉来说，只能说这事有点不同于她的预期，本来她以为自己这次还是主角，结果来了一看这阵势，她不是主角。凡是恃才傲物的这种人设，年轻的时候，经常会有这种经验。因为优秀惯了，才有这种期许。又因为年轻，所以对这事情的事先判断不准。所以林黛玉这种心理，就是有点孩子气。

但是她不像慕容复那样，真的功利心很重。林黛玉也是很会读空气的，她来了一看，马上就明白了。既然不是我逞能的场合，那我也别不知趣儿，我一首一首地写，也没人看，所以我也跟大家一样写一首吧。其实林黛玉要真写好几首，也未必没人看。但是这时候你就是让她多写，她也不会多写的。

当然，这时候林黛玉心里，失望的情绪总是有的。所以她也就不好好写了，就是"胡乱"写了一首。反正我写再好也没人看。这其实是林黛玉在表达不满了。但是她也知道自己不满得没什么道理，知道这只是自己一种诗人的情绪，所以她的表达也就到此为止了。在旁人看来，其实也没什么表达，反正不懂的人也不知道你认真写了没有。我们写诗的人，有点儿怪脾气是挺好的，但是你千万不能拿你这怪脾气去干预现实，那样反而显得俗了。

林黛玉"胡乱"作出来的诗是这样的：

世外仙源（匾额）

名园筑何处，仙境别红尘。
借得山川秀，添来景物新。
香融金谷酒，花媚玉堂人。
何幸邀恩宠，宫车过往频。

首联写得很应付，“名园筑何处，仙境别红尘”。但就是应付，也不能写得太差，要不人家将来贴到网上砸你的牌子。应付的诗，你也得糊弄点儿有意思的东西上去，才成一首诗。

林黛玉这首五律，章法还是挺规矩的。颔联她先不颂圣，先写这园子。“借得山川秀”，说白了就是这园子有借景，这是园子的自然风光。然后在自然风光的基础上，再添添盖盖，这就是人工的景观了，就是“添来景物新”。上句写自然，下句写人工。自然是人工周围的自然，人工是自然里的人工。这种两面说的写法，我们今天叫辩证统一，这在律诗的写作里是经常用到的。

这一联是用虚字开头的，说明林黛玉运用诗的语言比较熟练。五律的句法特别容易单调，因为它字少，可能的排列组合不多。写五律特别怕就是你中间两联都是“二一二”。“池塘生春草，园柳变鸣禽。”两个俩字的名词，中间夹一个动词。像这样的句式，写一遍不是毛病，连着写两遍就是大毛病了。五律不成熟的时候，六朝的大诗人也经常犯这个毛病。林黛玉没犯这个毛病，她知道拿虚字打头，说明句法比较熟练。当然你也不能光拿虚字打头，那样显得太轻。

因为林黛玉是应付，所以这里没有太好的奇思妙想，就是从自然和人工两个角度去构思了一下。我们要应付人写诗的时候，也可以这么着。她这联不太含有颂圣的意思，也见得是应付。

不过颔联表现出的思维，是诗人的思维。诗人的思维，就是要有所依傍，在现实的基础上，借一点，再添一点，作出自己的诗来。林黛玉的思维就是诗人的思维，特别善于借力打力。她写诗和说话，都有这个特点。这是小说里林黛玉第一回写诗，但是已经看出来，她那种“虚敲旁比”的思维模式。

颈联就得用实字打头了，但是她也没有用“二一二”，而是用了另一个比较老辣的句式——一一三。开头的名词用一个字的，说“香”、说“花”，后面再“金谷酒”“玉堂人”。这样就显得比较活泼，不那么板滞。用“金谷”对“玉堂”，

清 孙温《林黛玉俏语谑娇音 俊袭人娇嗔箴宝玉 俏平儿软语庇贾琏》

也是对得比较巧的，有一点形式感。说“花媚玉堂人”，带一点颂圣的意思了，这个“玉堂人”，可以理解为暗暗地特指元妃。花都来向您献媚了，那我们这些小孩子，就更不用说了。但是这一点颂圣的意思，也很淡，也没有明确说出来。这也表现出林黛玉这个人物的傲娇，不愿意太直接地颂圣。不过颂圣诗就得这么写，颂圣就是不能太直接了，得含蓄地表达出来，才是好的颂圣诗。

尾联她也很应付，“何幸邀恩宠，宫车过往频”。就是拜年话。就是泛泛地说“恩宠”，说宫车来了这么一个事实。不像薛宝钗很认真地说，文怎么样，孝怎么样。这就是应付的写法。

虽然看得出是胡乱应付的，但这也是一首好诗了。写诗就是一个字法、句法和章法。这首诗知道怎么用字，句法也熟练，章法井井有条，看得出既有训练，又有想法。会写诗的人，写诗可能发挥不好，但不可能没有章法。所以我评诗的时候，也是看他法度怎么样，至于他发挥得好不好，其实影响不大。像林黛玉这首诗，就属于林黛玉没发挥好的，但是完全不影响我们看出来林黛玉是会写诗的，比其他几个人都会写。所以贾元春说“终是薛林二妹之作与众不同，非愚姊妹可同列者”，虽然是客气，也是对的。贾元春是会看诗的。薛宝钗和林黛玉的诗都可以看得出来是会写的。在这个语境下，就可以认为是好的。

那贾宝玉的三首诗好不好呢？大家看《红楼梦》容易误解贾宝玉的诗不好，因为他老说姐姐妹妹的诗比自己的好，姐姐妹妹也说他的诗不好。就好像贾宝玉是个废物，没文化。

其实这事得这么理解，贾宝玉是个男的，他在姐姐妹妹面前其实是处于优势地位的。中国人说话的方式，越是处于优势地位的，越是得说自己不好，说处于劣势地位的人好。比如一个老师，他指着自己的学生说，他们都比我强。你怎么理解，你真的认为这个老师很弱，不如自己的学生吗？你不能这么认为，最多认为这个老师教导有方，他的学生都不差，老师自己高风亮节。没有一个老师会指着学生说，他们都不如我的，这样会显得这个老师很没风度。就像贾环，一个做少爷的，还赖丫鬟两个钱，是让人看不起的。贾宝玉肯定不干这事。上级得让着下级，男的得让着女的，这是中国传统文化的原则。当然这个并不是平等，而是不平等。

所以贾宝玉不可能去说，姐姐妹妹的诗都没我写得好，那就没劲了。他诗写得再好，也得说我不如姐姐妹妹们。这样大家会认为他们家的才女写得好，但是并不会认为贾宝玉写得不好。包括赵明诚，他不会说我比李清照写得好。他就得说，李清照比我写得好多了。然后大家都去羡慕，赵明诚娶了这么一个才女老婆。但是你要因此认为赵明诚写得不好，就又呆了。贾宝玉说自己的诗写得不好，乃至于曹雪芹说贾宝玉的诗写得不好，都是这么个道理。你要真认为贾宝玉没文化，那就呆了。其实贾宝玉的诗是很有章法的，明显也是会写的，而且可以说是《红楼梦》里写得最好的。

贾宝玉的颂圣诗怎么样？

贾宝玉写颂圣诗，心情又不一样。因为他是元春的亲弟弟，除了对皇权的遵从，他更多的是有一种亲情在里面。所以贾宝玉的诗，反而颂圣的味道不那么重。他歌颂的，不仅是皇妃，也是自己的姐姐。

贾宝玉的这个身份，就有点像中古时代文人群体里的亲王身份。在写应制诗的群体里，可能有的成员跟最高统治者的血缘比较近。比如建安诗人里的曹植，他对东道主的歌颂，一方面更真心实意，一方面也更自由一点。除了称赞东道主的功德，还能写点别的东西。所以这些人的应制诗，作为诗歌来讲，质量更高，对近体诗发展的推动力也更大。

所以在“六朝才子至尊多”那个时代，经常看到这种家族：皇上是文学家，太子是文学家，太子还有个弟弟也是文学家。曹操他们三父子就是典型。为什么呢？因为皇上，或者像曹操这样的实际统治者，他要做文学东道主，中古的文学东道主，真得自己带头写，他得写得好。太子，他是未来的文学东道主，或者他父亲岁数已经大了，他已经代替父亲做文学东道主了。像曹丕，还有后来的萧统、萧纲，都是这种情况。因此他也得写得好。然后太子有一个弟弟，也写得好，比如曹丕的弟弟曹植，萧纲的弟弟萧绎。他们应制诗写得好，有一个原因就是他们写应制诗比较自由，可以有更多的内容，更接近真正的诗。曹

明 吕纪 《秋鹭芙蓉图》

植对五言诗的贡献是有目共睹的，也是从他开始把五言诗往近体诗的路上带的。萧绎在体式上也有好多发明，对近体诗的形成有较大贡献。

贾宝玉这三首诗，各有一个颂圣的点，但最主要的还是把这三处院子描绘一下。中古时代那些亲王的应制诗也是这样，既然不用太颂圣，那就把主要精力放在描绘客观事物上。这种描绘客观事物的写法，我们传统上叫“体物”。大家不要小看体物，觉得它没有讲什么大道理。“体物”对一个人的文学技巧是全面的训练。你光喊口号，我是多么热爱我们伟大的皇帝陛下啊，这不叫高水平的文学。文学的水平，首先得看体物的技巧。所以一个新文体要成熟起来，必须经过体物的锻炼。那些亲王诗人在写应制诗的时候倾向于体物，体物技巧得到了比较好的锻炼，这对近体诗的形成是有很大推动作用的。特别是在中古这个时代，应制诗的体物倾向是比较明显的。五律作为中古应制诗孕育出的骄子，它在褪去了颂圣的外衣以后，显露出的第一个属性，就是体物。对物的关注，是正统的五律的一个重要特点。后来的五律也可以写情，那是盛唐诗人技巧高了以后，玩的花样。你要正儿八经学写五律，首先一定要时刻保持对物的关注。

曹雪芹安排贾宝玉写的这三个院子，正好是后来贾宝玉、林黛玉和薛宝钗这三个主要人物住的，作者的用意也是借贾宝玉的笔，把这三个院子先给读者展示一下。

第一个院子，有凤来仪，就是后来林黛玉住的潇湘馆。这个比较省事，颂圣的点就在题目上了。这是贾宝玉跟着贾政题对联那一回抖的一个机灵，因为这个院子种了好多竹子，他就用了凤凰非练实（竹子的果实）不实的这个典故，说栽这么多竹子，是有凤凰要来，暗指贾元春是凤凰。这个典故用得非常巧妙，当时清客们都拍案叫绝，可以说是贾宝玉这里头抖得最好的一个机灵。所以这个梗被重复利用，刚才薛宝钗已经写了一遍了，现在贾宝玉再写一遍。但是曹雪芹用这个典故，还有另一重心思，因为这个院子后来是林黛玉住的，这些竹子实际招来的凤凰是林黛玉，这个“有凤来仪”实际又是指林黛玉。这是曹雪芹爱用的笔法，一敲两响。

题目已经完成了颂圣的任务，所以诗的正文就专心体物了：

秀玉初成实，堪宜待凤凰。
竿竿青欲滴，个个绿生凉。
迸砌妨阶水，穿帘碍鼎香。
莫摇清碎影，好梦昼初长。

首联破题，把题目解释一遍。颔联具体写竹子的样子，也不是很见长。颈

宋 赵佶《竹禽图》

联是特写，颈联就把镜头拉开，写院子里竹子多，很密。“迸砌妨阶水”，据说是反用“竹密何妨阶水过”，说竹子密得使阶前的流水都受到了阻碍。“穿帘碍鼎香”，写房间里烧的香，可以从帘子穿过来，都穿不过竹子去。这一联，主要还是为了借着写竹子，写台阶前有流水，屋子里有宝鼎烧着香。我们说五律是要有对物象的执着的，要不停地说有什么有什么。表面是写竹子，其实还是为了写主人的生活华贵、高雅。

细想一步的话，我觉得曹雪芹在这儿还犯了个坏，暗暗地用了一个梗，就是西晋的时候，贾充他闺女、贾谧他妈的故事。也是他们老贾家的事。当时贾充是权臣，权倾朝野。贾充下属有一个叫韩寿的，贾充的闺女隔着帘子看了韩寿一眼，就爱上了韩寿，两人就偷偷好上了。一开始贾充不知道，后来闻见韩寿的袖子上有香味，这个香是他们贾家特有的，他才知道，自己的下属跟自己的闺女好上了。后来韩寿跟贾充的闺女生的孩子，就是贾谧，跟他姥爷姓，是后来二十四友的东道主。李商隐写“贾氏窥帘韩掾少”，写的就是这件事。那首诗前头还写“金蟾啮锁烧香入”，跟这句是照应的。曹雪芹在这儿写有帘子，有香，写香味从帘子飘出来，我怀疑他是暗用这个典故。本来说竹子呢，硬转到这上头去了，我觉得曹雪芹是故意的，暗示后来林黛玉住在这儿，暗暗地跟贾宝玉产生了爱情。当然，这里头性转了一下，姓贾的那个是男的，林黛玉相当于那个“韩掾”。后来还有“意绵绵静日玉生香”这样的情节，不一定跟这个有关系，可能有点牵强了。

尾联，写“莫摇清碎影，好梦昼初长”。这个好像也跟“静日玉生香”那个情景有点关系。单说写竹子，这一联写竹子，还是比较生动的，也比较有书卷气。没事不去上班，在一个有竹子的院子里，中午打点瞌睡，这种懒宅的气质，是中国诗人的优良传统。林黛玉这个人是很有书生气质的，所以写林黛玉也是合适的。中间两联写物，尾联要引到人的身上去，这也是五律写作的惯例了。

第二个院子，就是后来薛宝钗住的蘅芜院。可能大家没注意到，这里也有一个颂圣的点。蘅芜院没有竹子，只有各种香草，贾宝玉就在这个草上来做文章。怎么做呢？

他是这么写的：

蘅芜满净苑，萝薜助芬芳。
软衬三春草，柔拖一缕香。
轻烟迷曲径，冷翠滴回廊。
谁谓池塘曲，谢家幽梦长。

我们先看这首诗的尾联："谁谓池塘曲，谢家幽梦长。"用的是谢灵运写"池塘生春草"的典故。"池塘生春草"，是谢灵运的名句，蘅芜院有草，贾宝玉就用了这个典故。

但是，谢灵运这句诗是怎么写出来的呢？谢灵运有一个弟弟，叫谢惠连。说是弟弟，实际上跟谢灵运年龄差比较大，差了十大几岁，在古代基本上这是父子的年龄差了。贾宝玉跟贾元春，也是这个年龄差。我们看欧阳奋强那版的电视剧，贾元春看着整个就跟贾宝玉的妈似的，这个效果是对的。话说谢灵运特别喜欢这个弟弟，谢惠连也写诗，谢灵运也是爱才。传说，谢灵运说，他一看见谢惠连，就能写出好句子来。后来谢灵运被贬到永嘉，好长时间没看见谢惠连了，也没有好句子。后来有一回他做梦梦见了谢惠连，醒了以后就写了"池塘生春草"这个千古传颂的大好句子。贾宝玉写"谢家幽梦长"，用的就是这个典故。

我觉得贾宝玉这个典故不是瞎用的，里面是关合了人事的。其实他是暗暗

清 孙温 感秋深抚琴悲往事

把贾元春比作谢灵运，把自己比作谢惠连了。贾宝玉是个特别重感情的人，他在这儿不是叙君臣的情分，是叙骨肉的情分。当然这也称赞了贾元春像谢灵运一样文采风流，像谢灵运一样重视亲情。这跟薛宝钗直接称赞贾元春的“文”和“孝”，其实还是一个意思。但是贾宝玉说得更巧妙，更有意思。

顺便他也称赞了一下自己，像谢惠连一样，又会写诗，又讨大人喜欢。也称赞了一下自己的家族，像谢家一样出人才。这就是亲王写应制诗，都是真心实意地，顺便就把自己也夸进去了。这个是蘅芜院这首诗颂圣的点。这个点隐藏得比较深，小说中的人都没有发现，读者大多也没有发现。

贾宝玉写“有凤来仪”，写贾元春是竹子引来的凤凰，实际上曹雪芹有他的用意，是说林黛玉才是竹子引来的凤凰。贾宝玉写“蘅芷清芬”，借谢灵运的典故，称赞贾元春的文采和孝心。那么曹雪芹在这儿有没有他的用意呢？我认为是有的。

谢灵运的典故，套在薛宝钗身上也是合适的。谢灵运这个人，萧子显给他一个评价，叫“酷不入情”，就是说他的诗，一点也看不出感情。其实我仔细看看，谢灵运的诗还是很有感情的，但是他习惯把感情包起来，不直接拿给人看。薛宝钗这个人，我们知道，她是“任是无情也动人”。当然薛宝钗也是有感情的，只是她的感情不是轻易拿给人看的。就“无情”这一点来说，薛宝钗和谢灵运还挺像的。

另外一个牵强一点的联想，谢灵运是有呼吸系统疾病的，他这句“池塘生春草”，就是他大病初愈的时候写的。他病了很久，起来一看，池塘上已经长满了草，感叹季节都变化了，我还不知道。薛宝钗也是有病的，得吃冷香丸，发病的时候也会咳会喘。我就想，她住在蘅芜院，如果发了病，大病初愈的时候，起来到院子里，也会看见“池塘生春草”的。

薛宝钗对贾宝玉也是有情的，但是她对贾宝玉的情，跟林黛玉对贾宝玉的情是不同的。林黛玉那是男女之情，所以拿韩寿的故事去比。薛宝钗对贾宝玉恐怕不是男女之情，只是亲戚之情，就像谢灵运对谢惠连的感情一样，跟性别是没有关系的，所以拿谢灵运来比。这又是曹雪芹一敲两响的地方了。

这首诗颂圣的机灵放在尾联抖了，前面又是体物。首联还是破题。颔联写蘅芜院的草，“软衬三春草，柔拖一缕香”，也是很老练的句法。写五律，你得尽量用这种老练的句法，向古诗去学习。尤其是“柔拖一缕香”，写得很妩媚，很有形象性。颈联“轻烟迷曲径，冷翠滴回廊”，是把镜头拉开，写有草的蘅芜院的大环境。尤其是“冷翠滴回廊”，化用王维的名句“空翠湿人衣”。写草的翠色，那么浓，好像马上要变成水，滴下来了。王维说是打湿人的衣服，贾宝玉说是滴到回廊上，差不多一个意思。“翠”本来是诉诸视觉的，诗人想象它是水，可以滴下来，可以打湿人的衣服，这就诉诸触觉了。用现代的批评术语说，这叫通感。用传统的批评术语说，这就是虚虚实实，“翠”本来是虚的，是在远处，看得见摸不着的，你硬要它跟衣服、跟回廊发生关系，这就是把虚的坐实了。同样是“翠”，王维写“空”，贾宝玉写“冷”，感觉又不同。“空”是王维的感觉，“冷”是薛宝钗的感觉。从艺术上说，“冷”比“空”更诉诸触觉，更实一点儿，所以更追求力度。追求力度，这是晚唐的特点。像王维这种最正宗的盛唐诗人，他是喜欢“空”的。

贾元春为什么见不得“玉”字？

第三首诗《怡红快绿》，是贾宝玉写自己要住的怡红院了：

深庭长日静，两两出婵娟。
绿蜡春犹卷，红妆夜未眠。
凭栏垂绛袖，倚石护青烟。
对立东风里，主人应解怜。

“怡红快绿”本来要叫“红香绿玉”，贾元春看了觉得太俗，让改为“怡红快绿”。结果贾宝玉还不长记性，下笔写的时候，又写成“绿玉春犹卷”，薛宝钗让他改了。有人就琢磨了，这个贾元春怎么这么看不得“玉”字啊？是不是她讨厌林黛玉啊？

其实，贾元春改得是对的，“红香绿玉”就是俗。初学者总是以为，“香”啊“玉”啊这些字，都是很美好的东西，然后拼命往诗里用，其实这样很俗的。就像红色绿色都是好看的颜色，但是你非要穿红袄绿裤子，那就土了。像第二回冷子兴就说，他们贾家给女儿取名，都不用这些艳字的，都是跟着男孩儿排的。比如林黛玉她妈叫“贾敏”，取的“敏而好学”的“敏”，跟贾赦、贾政他们都是排着的，在那个时代，看不出“贾敏”一定是女的。元春带个“春”字，是因为她是大年初一生的。

有人说不对啊，贾宝玉、林黛玉不也叫“玉”吗？他们叫“玉”其实是乳名，而且是贱名。“宝玉”这个小名，是家里下人都叫的，晴雯有一回赌气，说街上的花子都能叫。叫“宝玉”，取的不是美好的意思。“黛玉”这个名字，至少也没有寄托很高的期望。

所谓贾元春见不得“玉”字，首先还是审美上的考虑。包括“绿玉春犹卷”，审美上也不如“绿蜡春犹卷”。至于曹雪芹这么写，有没有什么伏笔，那就见仁见智了。但是我们首先要理解，把“玉”字换掉，确实是审美上的考虑，不是贾元春的政治暗示。

“红香绿玉”，贾元春给改成“怡红快绿”，这就洋气多了。“红”和“绿”本来是颜色词，是虚的，“怡红快绿”把它们拿来做中心语，成了被修饰的对象，这就是把虚的弄实了。然后加了“怡”和“快”这两个不艳的字，“红”还可以“怡”，“绿”还可以“快”，就显得新鲜。

但是写诗的时候，没法说“快绿春犹卷”啊，这么说有点不自然。薛宝钗

清 孙温 《贾雨村风尘怀闺秀》

就提示贾宝玉用了“绿蜡”两个字，化用晚唐诗人钱珝写芭蕉的一句诗：“冷烛无烟绿蜡干。”钱珝这个人有点生僻，所以好几个版本的《红楼梦》都把他的名字弄错了。其实这个钱珝是晚唐比较靠后的人，是中唐诗人钱起的后人。他们吴兴钱氏，在唐宋文学史上出了不少诗人。《百家姓》里“赵钱孙李”的“钱”，就是他们这个“钱”。

钱珝这句诗，把芭蕉比作“绿蜡”，是很新奇的。芭蕉本来是自然的东西，

清 费丹旭《十二金钗图·元春才选凤藻宫》

“蜡”是人工的东西。把自然的东西比作人工的东西，这是典型的晚唐审美。比喻是为了用喻体的特征来强化本体的特征，代价是要让渡掉一些本体的特征。比如说，把芭蕉比作绿蜡，蜡其实比芭蕉更光洁，说芭蕉是绿蜡，就显得芭蕉格外光洁。但是芭蕉是有生命的，蜡没有，芭蕉可以随风摆动，蜡不行，说芭蕉是绿蜡，就牺牲掉了芭蕉的这些特征。钱珝觉得，这个牺牲划得来，他就这样写了。说明他欣赏芭蕉，是欣赏它像蜡一样的光洁，不是欣赏它的生命，不是欣赏它的随风摆动。曹雪芹把这个比喻借过来，说明这也符合他的审美。

“绿蜡”这个比喻，又比“绿玉”高多了。“玉”这个字已经很常见了，所以就显得俗。“蜡”这个喻体用得少，所以就显得新鲜。贾宝玉又写“绿蜡春犹卷”，芭蕉是卷起来的绿蜡，好像是蜡烛烧成这样的，这个比喻就格外生动。春天来了，绿蜡一样的芭蕉叶还没舒展开，还卷着呢。写什么东西不写到满，写它没有达到极盛的状态，这是东方式的审美。

另外，钱珝写的是“冷烛无烟绿蜡干”，是把芭蕉作为蜡烛来写的。蜡烛这个比喻，在《红楼梦》的语境下又有深意。因为蜡烛是会流泪的，现在这个绿蜡烛烧成这样，卷起来了，是流了多少眼泪呢？这又让我们想起了李商隐的诗，“蜡炬成灰泪始干”。贾宝玉这句诗，首先隐藏了一个钱珝的文本，然后经由这个文本，又导向了另一个隐藏的文本，即李商隐的文本。这两个文本叠加在一起，让我们联想到了林黛玉的形象，她最后就是为宝玉流干了眼泪，回到离恨天去了。林黛玉住的潇湘馆，是一片绿色的竹子，竹子也是像绿蜡一样的绿，一样的光洁。竹子的颜色，跟芭蕉的颜色，在这里发生了牵连。林黛玉的形象、竹子的形象、芭蕉的形象、蜡烛的形象，一时间都叠印在了一起。曹雪芹在这里安排的芭蕉，安排的这样的隐藏文本，恐怕是跟林黛玉有关系的。

《怡红快绿》好在哪？《杏帘在望》好在哪？

贾宝玉写《怡红快绿》，基本的思路，是把红的海棠和绿的芭蕉对着写，构成律诗需要的对仗结构，这是这首诗的特点。绿的一方，可能叠印了林黛玉的形象。红的一方，是海棠，可能叠印了史湘云的形象。这就涉及索隐的问题了，这个不是我们的重点。

贾宝玉这首诗，首联介绍对照的双方："深庭长日静，两两出婵娟。"我的院子里有一对美人。这一对美人是谁呢？颔联就把相对的两个主角，芭蕉和海棠的形象摆出来："绿蜡春犹卷，红妆夜未眠。"把海棠比作未眠的红妆美人，这是用了苏东坡的"只恐夜深花睡去"。后来史湘云抽到的花名签也是这个。绿蜡一样的芭蕉，到春天了还矜持地卷着；红妆美人一样的海棠，到了深夜还好像带着妆，没有睡去。这一组形象对比，非常美。也体现出五律对形象的关注。

颈联接着写芭蕉和海棠。这种把两个元素对着写的律诗，写到颈联，两个元素就得换一下位置。颔联是出句写芭蕉，对句写海棠。颈联就得出句写海棠，对句写芭蕉。这样才显得不单调。颔联的对句和颈联的出句写的是同一个东西，这样也就加强了颔联跟颈联之间的联系。颈联写海棠，"凭栏垂绛袖"，把海棠比作美人的红袖，扣着红来写；写芭蕉，"倚石护青烟"，想象芭蕉用自己的绿色护着石头的青烟，扣着绿来写。元素一样，换了一个角度。这两个画面也很美。

尾联收束，又写到芭蕉和海棠是相对共存的，“对立东风里”“主人应解怜”，住在这里的主人，两个都喜欢。这个是不是暗示贾宝玉既喜欢林黛玉又喜欢史湘云呢？我们就不知道了。

我们写五律也要这样，从题目里找出两个相对的元素来，然后在诗里对着写。先在首联里把这一组矛盾提出来，写存在这两个东西。然后颔联的对仗，上联写一个元素，下联写一个元素。颈联交换一下场地，换一个角度，再接着写。最好是写这俩东西，你中有我，我中有你。最后尾联收束，写这俩是怎么对立统一的。

贾宝玉的三首诗里，写他自己的怡红院的这首，是最美好的，他好像这时候就表现出对海棠和芭蕉都很有感情。有可能，这是象征了他对他最爱的两个女性的感情。

这首诗的颂圣色彩非常不明显，仅有的体现，就是把贾元春不喜欢的“绿玉”换成“绿蜡”了。整首诗都在体物，当然写得也很好。从这三首诗来看，贾宝玉是很会写诗的，对形象很敏感，章法也掌握得很熟练，水平至少在林黛玉胡乱作的那首之上。

然后林黛玉还替贾宝玉写了一首《杏帘在望》。林黛玉替贾宝玉写诗，是什么心理呢？主要是她刚才“未得尽才”。本来她也准备写好几首来着，后来发现自己不是主角，就随便胡乱作了一首。这种出风头的人格，本来憋着出风头，后来硬给憋回去了，也是很难受的。这时候哪怕是替别人写一首，也能好一点，创作的快感起码是一样的。这时候林黛玉替贾宝玉来写，首先是出于一种补偿的心理。

考场作弊这件事，当然是不好的。但是中国人很喜欢用帮人考试来说明人

清 孙温 《蒋玉菡情赠茜香罗》

物的聪明。比如晚唐的温庭筠，他就专门在考场帮人替考，一场考试，他能供上好几个人。他自己也不考，就爱替别人考，有这个瘾。他就靠给人替考，搭着给人写歌词，愣在帝都郊区买了别墅，你就说他有多大能耐吧。后来考官受不了他了，说我给你个县尉做行不行，求求你别来考了。在这个故事里，温庭筠是令人景仰的大神，大家对他只有膜拜，没有厌恶。林黛玉替贾宝玉写诗，也是这样。

有意思的是，林黛玉作弊的方式，替贾宝玉写好了诗，团成个纸团子，给贾宝玉扔过去。从脂砚斋的批语来看，这是当时的小男孩在私塾里念书的时候，互相掩护作弊的常用手段。林黛玉又没上过这种私塾，她怎么会这个呢？这个就是小说家的笔法了。小说家经常要写一些没有发生过的事，比如女孩子帮男孩子作弊，可能在当时是没有的事。这时候小说家就会把自己别的经验移植过来。曹雪芹见过私塾里小男孩作弊，他要写林黛玉作弊的时候，就把自己见过的小男孩作弊的经验移植过来。这种移植，往往是一种解构，一种调侃。就像郭德纲说他去见上帝。其实他没见过上帝，他就把平时见小痞子的经验移植过来，说上帝夹着烟卷，说“哥们我不是驳你面子”。上帝当然不可能这样，但是郭德纲把这个经验移植过来，就显得有意思，大家也都知道他是把别的经验移植过来调侃的，谁也不会认为上帝真这样。曹雪芹也是，他把自己哥们儿平常作弊的手段安到林黛玉身上，大家都知道他是调侃呢。其实这段，他完全可以不写细节，就写林黛玉替贾宝玉写了一首诗。但是他要插进这么一个细节来，八成就是为了打趣他那个哥们儿。这样把细节铺陈开来写，就是小说的笔调。

当然你说林黛玉这时候替贾宝玉写诗，有没有爱情的成分在里面呢？喜欢总是有的，你帮人作弊，总不可能帮一个你毫无好感的人。但是说爱情，可能还谈不上。当然《红楼梦》是爱情小说，它的主题就是“意淫”，所以稍微有一点爱的蛛丝马迹，都是可以展开“意淫”的。林黛玉后来也确实跟贾宝玉好了，好了以后，追溯起爱情来，当然是追溯得越早越好，这件事就可以算是宝黛交往史上的一个重大事件。但是如果没有后来的爱情，这件事也算不上爱情。这就告诉我们的男同学，如果有女同学帮助你，你自己把这当成一个值得珍藏的回忆是可以的，但是你千万不要因为这个就认为她是你女朋友了。

林黛玉帮贾宝玉作弊，体现她的性格。首先她不把作弊当回事，其实是没觉得写应制诗这件事很重要，不是太把皇权当回事。我就是要捣点小乱。其次是她有极强的表现欲，不写难受，哪怕不署自己名呢。这都是诗人的气质。

黛玉帮宝玉作弊的这首诗，是这么写的：

杏帘招客饮，在望有山庄。
菱荇鹅儿水，桑榆燕子梁。
一畦春韭绿，十里稻花香。
盛世无饥馁，何须耕织忙。

林黛玉这首诗，贾元春说是所有诗里最好的，我也觉得是最好的。那这首诗好在哪儿呢？主要是好在尾联，这个机灵抖得好。“盛世无饥馁，何须耕织忙。”这个谎圆得好。杏帘在望本来是假景，虽然有田地有茅舍，但是没有人真的在里面耕地织布。但是林黛玉对这件事作了她的解释，说现在是太平盛世啦，没有饿肚子的人，所以不用忙着耕种。这个解释当然不符合事实，但是说得有意思。写诗其实就是需要你给出这种解释，不符合事实，但是有意思。诗不负责陈述事实，诗负责有意思，只要说得有意思，越不符合事实越好。诗的艺术，某种程度上就是解释的艺术。

林黛玉这句诗当然是在颂圣了，在所有的颂圣里，这个颂圣是最巧妙的。她把一个本来跟颂圣毫无关系的现象，硬给解释成了对太平盛世的歌颂。当然谁都知道这不是事实，但是她说得有趣。我们今天说“她说的好有道理我竟无法反驳”，就是这个感觉。这首诗值钱就值钱在这句上了。

这里不能理解成林黛玉对皇权阿谀奉承，她要真的眼里有皇权，就根本不会开玩笑似的帮贾宝玉作诗了。这里面体现的，其实是林黛玉作为一个诗人的机智，也是作诗的一种方法。

林黛玉的《杏帘在望》这首诗，前面几句，也挺讲究的。首联还是破题。

颔联，“菱荇鹅儿水，桑榆燕子梁”。你注意到没有，这两句完全是用名词组成的，每句四个名词，容量非常大。然后这四个名词内部再去组织，“菱”和“荇”、“桑”和“榆”，是并列结构，“鹅儿”修饰“水”，“燕子”修饰“梁”，

清 沈铨《荷塘鸳鸯图》

造句非常讲究。这种纯粹由名词组成的句子，叫“名词句”，是中国诗歌中一种很有特点的句法。特别适合五律使用。因为五律字少，需要句子特别精炼，用最少的字传达出最大的信息量。同时五律又特别重视形象，名词特别重要。所以名词句在五律用得特别多。像唐诗里最著名的名词句，戴叔伦的“一年将尽夜，万里未归人”。温庭筠的“鸡声茅店月，人迹板桥霜”。都是出自他们的五律。“菱荇鹅儿水，桑榆燕子梁”这样的句子，也是典型的五律里的名句。

颈联换了一个句式，“一畦春韭绿，十里稻花香”。其实还是名词句。“绿”和“香”，可以理解为动词，也可以理解为名词，直接理解为名词就行。“春韭”这个名词，修饰“绿”；“稻花”这个名词，修饰“香”。然后前面再加上“一畦”“十里”的量词做修饰，把虚的“绿”和“香”给坐实了。还是名词句，只是又换了一种组织形式。只能说，林黛玉真的把五律的句法玩得很溜。

五律重视形象、句法精炼的特点，在林黛玉的这首诗里充分发挥出来了。除了最后的机灵抖得好，前面的句法也极为讲究。这首诗被举为第一，实在是实至名归的。

这种现象也是有的，有时候我们出好作品，不一定是最有真情实感的时候，尤其不是最从容的时候，反而是在有点任务的情况下，需要这么逼一下，有时候能起飞智，最后写出来的效果，反而比你正儿八经坐在书桌前头，决心要写一首诗的时候要好。有时候你替别人写，用别人的语气来写，也经常能有意想不到的效果。我自己半会不会的时候，就曾经帮我们班的男同学写情诗，给别的女同学表白。我自己觉得那些诗还都写得挺好的，比我那时候自己写的好，可惜不能署名，也挺遗憾的。

另外几处五律

元春省亲的时候，曹雪芹设定由林黛玉来写最好的这首诗，这也是我之前说的那个原理，如果是贾宝玉拿第一，就没意思了。在这里，贾宝玉和林黛玉没有竞争关系。林黛玉自己的那首是胡乱写的，不如贾宝玉那三首是很正常的。她夺冠这一首，是帮贾宝玉写的，而且是在起飞智的状态下超水平发挥，而且人家贾宝玉忙忙叨叨写了三首。林黛玉的诗才绝对不比贾宝玉差，但是也不明显比贾宝玉好。我觉得应该这么理解，贾宝玉和林黛玉差不多是一个水平的，是《红楼梦》里的第一梯队，实力比其他所有人都要强。不要认为贾宝玉是给姐姐妹妹们垫底的，他的诗学修养比其他姐妹都要强。但是贾宝玉和林黛玉就不用论谁强谁弱了，情侣非得这么较真，很伤感情的。

由此我们也知道，五律这个体裁，是留给贾宝玉、林黛玉这样的第一梯队写的，是比较阳春白雪的诗体。

除了这一次，其实《红楼梦》里还有几处写五律的。

一个是史湘云，那个是暗写。史湘云跟林黛玉联句的时候，林黛玉说了一句，咱们两个都爱五言。说明史湘云也是写五律的，水平是比较高的。但是史湘云的五律到底写得怎么样，我们在《红楼梦》里也没有见到。曹雪芹就是带了一笔，让你自己去想象，说明史湘云的创作水平也比较高而已。这也从反面说明，其他的姐妹都不爱五言，也就是写不了五律。

清 孙温 《观景远望如艳雪图》

再一个是薛宝琴说的真真国女儿。薛宝琴说有一个外国美人，写了一首诗，比中国人写得还好，这首诗是五律。这首诗到底是外国美人写的而薛宝琴转述，还是薛宝琴自己写的呢？这也是个谜。薛宝琴在《红楼梦》里也算是第一流人物。她一来，贾母顿时就把宝钗黛玉都忘了，就想替贾宝玉向薛宝琴提亲，后来听说她已经定亲了，才作罢。不过这也是说说的，哪能真让薛宝琴抢了林黛玉的风头。就像《天龙八部》里，再说扫地神僧厉害，那也是说说的，大家心目中的大英雄还是萧峰。

不管怎么说，薛宝琴跟这首五律是有关系的，曹雪芹安排这么个一等一的人物来传达这首五律，也说明五律在他心目中是很高级的，不是什么人都能写的。

真真国女儿这首五律（第五十二回），有点像李白的五律，境界很开阔。李白也是在西域待过的，大概受过其他文化熏染的诗人，才写得出来这样的五律吧。

这首五律是这样的：

昨夜朱楼梦，今宵水国吟。
岛云蒸大海，岚气接丛林。
月本无今古，情缘自浅深。
汉南春历历，焉得不关心。

首联就是一副对子，“昨夜朱楼梦，今宵水国吟”，字面很漂亮。虽然是对仗，但是不觉得板滞，因为她不是贴着对的，跳得很开。昨夜还在朱楼做梦呢，今晚就在水国吟诗了。空间的跳跃很大，物象有一个反差。这也切合她作为一个胡商，跟着父亲到处漂泊的身份。

颔联体物，写“水国”的物象，很有盛唐气象。“岛云蒸大海，岚气接丛林。”这一联有点李白五律的味道。李白的那种大气，不是我挣扎着硬要大气的那种大气，是他的胸襟和眼界，他的生命里真的有山川自然，就像《红楼梦》里说的，胸中有丘壑。像他写的“山随平野尽，江入大荒流”，他不是故意要用大字面的，这是他一瞬间的真实感受。真真国女儿这个颔联，有点这个神韵。她不是从字面上学，是从气场上学，这就更高级一点。像孟浩然写“气

清 费丹旭《十二金钗图·李纨读书》

蒸云梦泽，波撼岳阳城”那个大气，就还是有点作态了。

“岛云蒸大海”这一联，用的还是“二一二”的句式，五律里最原始、最敦实的句式。我一般不建议初学者老用，容易显得笨。但是她这个不显笨，因为她有气象在，在这儿就得把句子砸实了，这是凝重，不是笨重。

颈联，她就缘情了，这也是盛唐诗人的做法，五律里面也有缘情的句子。不光写客观事物，也写自己的人生感悟。五律写熟了以后，把这种缘情的句子加进去，是很好的。初学者不要着急，五律重在体物，五律里的缘情是附加题，可以有也可以没有。

真真国女儿写，“月本无今古，情缘自浅深”，这是对宇宙人生的思考。这个思考也不见得多新鲜，就是放在这儿做个示范。语态比较从容，句法也比较精致。颔联是承，承着“水国”二字说。颈联就转了，就自己昨夜在朱楼、今宵在水国的漂泊生活，展开议论。尾联是合，总结自己的漂泊生涯，“汉南春历历，焉得不关心”。这一路走来，有多少扰动了我情感的事啊。一个“春”字，挽住颔联的自然景物描写；一个“关心”，挽住颈联的人生思考。这首诗可以看成曹雪芹在跟我们演示，一首五律如果想要加进缘情的因素，在章法上应该怎么安排。

《红楼梦》里写五律的，其实还有一处，就是姽婳将军那一回（第七十八回）。贾宝玉和贾环、贾兰，听了姽婳将军的故事，各写了一首诗。那回贾环写的是五律。

贾环不是个写诗的人，这个人不是很聪明，品格也不高贵。之前他写的那个灯谜，大哥爱在床上坐，二哥专往房上蹲，写得乱七八糟，一点也不通，就是个笑话。但是快到八十回的时候，曹雪芹安排他写了首五律。这是表示贾环也有了进步。毕竟贾家是簪缨世族，如果贾宝玉的弟弟到最后还连个平仄也学不会，也显得不合理。写诗是要天赋的，但是没有天赋的人，长期待在需要

清 孙温 《试文字宝玉始提亲》

写诗的环境里，也总能受点熏陶，经过一段时间，也能写得像那么回事。这时候，贾宝玉已经写很漂亮的歌行了，贾环才刚会写五律，而且写得也很勉强，跟贾宝玉的差距还是很大的。

姽婳将军的故事，属于浪漫主义题材。什么叫浪漫主义题材呢？大家不要认为，写真事就是现实主义，写假的事就是浪漫主义。所谓浪漫主义，就是仰望星空，就是写“在远方”的事。写没见过的古代人物，写没到过的远方战场，写想象中的美人，都属于浪漫主义题材。我们今天写的耽美小说，也是浪漫主义题材。姽婳将军的故事，包含了很多浪漫主义的因素，是美人，是战场，是别人的故事。浪漫主义的题材，适合用齐梁诗歌体系来写。贾宝玉写的歌行和贾环写的五律，都属于齐梁诗歌体系。

贾宝玉的歌行，我们后面再说，现在先说贾环的五律：

红粉不知愁，将军意未休。
掩啼离绣幕，抱恨出青州。
自谓酬王德，讵能复寇仇。
谁题忠义墓，千古独风流。

这首也是对起。贾环从这个题目里找到了一对矛盾：“红粉”和“将军”。林四娘一方面是“红粉”，是女人，有柔弱的一面；一方面又是“将军”，要征战沙场。作为“红粉”，她是“不知愁”的，战争本来跟她无关。但是作为“将军”，她“意未休”，要报答恒王的知遇之恩。

颔联是体物，写林四娘的情态。“掩啼离绣幕”，这是承着“红粉”说，说她作为一个女人，忍着啼哭，无奈地离开了闺房。“抱恨出青州”，这是承着“将军”说，说她作为一个将军，怀着国恨家仇，到青州去打仗。写“红粉”的时候，暗含着“将军”，“离绣幕”，是出来打仗了。写“将军”的时候，也暗含着“红粉”，“抱恨”这个形容，还是有点小女儿态。

颈联就是缘情了，写林四娘的心理。“自谓酬王德，讵能复寇仇。”她哪儿打得过敌人啊，就是报答恒王的恩德罢了。这是贾环揣测的林四娘的心理。尾联作结，“谁题忠义墓，千古独风流”。林四娘的英名永垂不朽。

贾环对林四娘的这个想象，还是比较浅的。他还是把林四娘当成一个客体，没有充分地代入，没有想过，如果我是林四娘，作为一个有血有肉的人，我在这个时候是怎么想的呢？因为以贾环的智商，打不破性别的执念，他想象不到，林四娘可以是跟自己一样的人，不管男人女人，都是人。他心目中的林四娘，就是一个模糊的“红粉”“绣幕”的形象，想象一个女人去打仗，肯定是无限的无奈，“掩啼”“抱恨”。肯定打也打不过，就是寻求个心理安慰。最后空洞地喊一喊口号，林四娘好厉害。我们今天的一些文学作品，在写女性的时候，也犯贾环的这些毛病，写得模糊、空洞，不真实，把女性写得像个玩偶一样。或者也不限于写女性，写一切与自己不同的人，都会有这个毛病。怎么能避免这个毛病呢？请跟贾宝玉学，这个以后我们讲歌行的时候再讲。

贾环的这个毛病，其实是齐梁宫体诗的毛病。齐梁的宫体诗，在形式上非常接近五律了，内容经常是写女性。但是写得不好的宫体诗，就会这样，写得空洞无味，把女性写得像玩偶一样。曹雪芹这也是借着贾环的笔，模拟了一下不好的宫体诗。当然，形式不是写不好的借口，宫体诗也有写得比较好的，关键还是看你有没有一个诗人的心思。

我们写五律的时候，也要注意这样的问题，你体物，写客观事物的时候，不能光做外表的描绘，一定要“曲尽物情”，把自己代入到客观事物的立场上去思考。“曲尽物情”还是体物，但这就是高水平的体物了。

排律：联句其实是什么？

联句是怎么回事？

“排律”的概念我们应该并不陌生。如果把五律拉长，中间对仗的不止两联，就成了排律。但是课本上没有选排律作品。当时我们语文老师就问，哪位同学见过排律？并说他没见过。当时我也没反应过来，后来一想，《红楼梦》里那两个联句，不就是排律嘛。

《红楼梦》里的联句，是大家你一句我一句联的，但实际上，还不是曹雪芹一个人写的嘛。对曹雪芹来说，所谓联句，就是他自己写了一首排律。

排律这种体，其实就是从古体诗到律诗的一个过渡状态。古体诗一开始句数是不固定的。后来大家慢慢觉得，八句是最好的，中间两联用来对仗，首尾两联可以不对仗，这样是最理想的。这就把五律的篇体敲定了。但是这个确定要一个过程，总有一个中间状态。如果你知道写诗应该讲格律，中间的联都要对仗，但是还没决定要写八句，而是写得再长一点，那出来就是排律。也就是说，比标准的五律就差一个句数不固定，那就是排律，这是一个中间状态。五律的其他问题，像对仗、格律的解决，也都有一个中间状态，这些中间状态，我叫它“齐梁格诗”，这就跟《红楼梦》没什么关系了。排律也是一种“齐梁格诗”，我们只要理解它是从古体诗到律诗的中间状态，就可以了。而且要知道类似的中间状态有很多，排律只是其中一种。

既然是中间状态，那它的格律要求也就不那么严。严格来说，只有句数跟五律不一样，别的要求都跟五律一样，才叫排律。但是在唐朝的实际操作中，这种典型的排律并不多，排律偶尔有一两联不对仗，偶尔有一两句出律，或者押仄声韵，都是允许的。这也体现出排律是一种过渡性的文体，介乎古体诗和

清 改琦《红楼梦图咏·綵鸾绣鸾》

律诗之间。

《红楼梦》里的联句，如果当成排律来看的话，是严格的排律。中间的所有联都对仗，都符合近体诗的格律。小说里联句的时候，前面的人说一个上句，接的人说一个下句，然后自己再说一个上句，让后面的人再接。等于基本形式是我出个上联，你对下联，然后你再出个上联，让别人对下联。你对的这个下联要押韵，然后你再出的上联，要跟你刚才对的这个下联粘上。等于是升级版的对对联游戏。

在六朝的时候，就有联句了，但是那时候的联句不是这个玩法。六朝的联句是，我写四句，然后你再往下接四句，我再接四句。咱们自己对自己的，互相不干扰。这个比《红楼梦》里的联句难度要低一点，我自己出自己对，就好一点。毕竟六朝时候诗歌技巧不像清朝那么成熟。到谁那里联不下去了，这诗就绝了，最后这四句就叫“绝句”，我们今天写“绝句”，这是一个重要的源头。所以写绝句，就看谁把话说得绝。

《红楼梦》里，林黛玉和史湘云联句。林黛玉说出来一个“冷月葬花魂”。这句特别绝，然后她们俩也没往下联。史湘云就说，你现在病着，不应该写这种凄清奇谲之句。后来妙玉出来，给她们续完了。其实妙玉写的那些，我们也记不住，等于是妙玉自己创作了一个排律。实际上林黛玉和史湘云的联句，到“冷月葬花魂”就绝了，这个“冷月葬花魂”，就可以叫“绝句”。

实际写排律的时候，跟五律的要求一样，对仗句的句子结构不能都一样。排律的对仗句多，达到这个要求的难度就大得多。不光句法不能一样，你还不能盯着一个点去写。你要向赋这种文体学习，从事物的方方面面去写。大的方面和小的方面，凝重的句法和流易的句法，最好能安排一下，交错着出现。不过说到《红楼梦》里的联句，因为它是联句，是大家一起写的，而且是“抢命”一样，抢着写的，所以这些就都不能计较了。

芦雪广联句：竞争推动演化

《红楼梦》里的联句一共有两次。一次是芦雪广联句（第五十回），人多，比较热闹。一次是凹晶馆联句（第七十六回），就林黛玉、史湘云两个人，后来妙玉给续的，比较寂寞，也比较阳春白雪。我们先说芦雪广这次。

芦雪广的这个“广”字，字形跟今天广州的广的简体字是一样的，但是它不是“廣”字。这是个象形字，是在一个山崖上有一个小房子，这种建筑叫“广”（读作眼）。

芦雪广联句，有好多人，所以就构成了激烈的竞争关系。芦雪广联句，可以看成一场战斗，分成好几个阶段，中间的风格变了好几回。这个风格的变化，正好跟唐诗各个阶段的风格变化大概可以对得上。为什么会这样呢？因为唐诗也是一场激烈的竞争，大家都想比别人写得好，都想写得更新鲜一点。这个竞争就成了动力，推动唐诗的风格一步一步变化。人类的心理都是相似的，所以竞争发展到什么程度，就会呈现什么样的风格。在这个问题上，不管是宏观的唐诗发展史，还是微观的芦雪广联句，过程都是相似的。我正好就着芦雪广联句，把唐诗各个阶段的风格介绍一下。

一上来，王熙凤还说了一句。王熙凤这个东道主就不是六朝的东道主了，她就光是出资人。曹雪芹安排她出来说了一句“俗话”，“一夜北风紧”，作为这首诗的开头。长诗的开头，要说一句粗话，这话曹雪芹说过两回，还有一回是贾宝玉写的《姽婳将军辞》。长诗的开头，要为后文留地步，这是曹雪芹的审美观。不过曹雪芹所谓的“粗话”，也没有多粗，也不是骂街，还是经过提炼的，就是一句比较平易的话，接近口语。

曹雪芹这个看法对不对，也是见仁见智了。我个人还是喜欢曹植那样的“工于起调”，我是觉得，长诗的开头如果太平常了，有让读者丧失阅读兴趣的危险。但是曹雪芹主张，开头要为后文留地步，这个肯定是对的。你不能一开头就把话说绝了。像纳兰性德写的，一上来就“人生若只如初见”，多好的一句话，谁看了也是很好的一句话。但是，这话你没法接，谁接也接不好。其实纳兰这个还不是长诗，就是短短的一首《玉楼春》，就八句，但是后面也是写得溃不成军。所以谁看了都觉得，这么好的一句，放到这么一首词里，就是糟蹋了。所以谁都想重新演绎，但是从来没见谁演绎得好。这就是开头没给后文留地步的后果。

曹雪芹这么说，针对的是这样一种倾向，有的人把开头弄得太奇了，结果后面接不上，这样肯定是不好的。所谓给后文留地步，就是说，第一句的任务，就是给后文提供一个情境，这个情境得有无限生发的可能性。你不能一上来就把情境限制在特别小的一个范围内。像“一夜北风紧”，就给后文留下了无限的可能性。从这个意义上说，我喜欢的那些精致的开头，虽然不是一句“粗话”，但也是要给后文留下无数可能性的。像曹植的“明月照高楼”，苏东坡的“大江东去”，元好问的“问人间情是何物”，都是有无限发展的可能性的。至于曹雪芹说开头一定要一句粗话，那是有所针对的，属于矫枉过正。曹雪芹是告诉你，开头的时候不能太雕琢了，要平易，但是要大气，要想象自己是个王熙凤，不能想象自己是林黛玉。

芦雪广联句的第一阶段，是从“开门雪尚飘”到“难堆破叶蕉”。这一段相当于初唐前期，风格有点小清新，因为刚开始写，还没有任何竞争，只要把看到的景物平平地写出来，就是好诗。这一阶段参与的都不是什么重量级选手，香菱还说了两句，其他人也都是什么探春、李绮、李纹、邢岫烟，七嘴八舌的，都是水平不怎么高的人。这一阶段，句子基本上还比较稚嫩，有的也没什么审美，像“易挂疏枝柳，难堆破叶蕉”这种句子，其实也没什么诗味，就是停留在一个看见什么就写什么的水平。这是曹雪芹在模拟一般选手的写法。

在一个文体刚兴起的时候，或者刚复兴的时候，大家的水平都比较低，也没有什么竞争，多一个人能写，大家就很高兴了。这种时候，创作的面貌就是这样的。再往后发展，要再好，就要突破这样的面貌，这时候审美和写作技巧就要提高了。

到第二阶段，审美就一下子提高了。为什么会提高呢？就是都想比别人写得好。最后大家的水平就整体比第一阶段提高了。在这个阶段，史湘云、薛宝琴、林黛玉、贾宝玉这几个大手都参战了。

这个阶段开始相比前一阶段写得好了，但是只要比一张白纸的第一阶段写得好就可以了，还是比较简单的，只要把物象写得华丽、凝重就可以了。这就相当于初唐的后期，武则天时代。武则天时代的主要特点就是华丽、凝重，端端正正的。这个时代，唐诗的大手们也开始出场了。

像“麝煤融宝鼎，绮袖笼金貂”这么珠光宝气的句子，是很典型的武朝宫廷诗的风格。“光夺窗前镜，香粘壁上椒”，这都是典型的宫体诗。这儿是薛宝琴接的，薛宝琴给人的感觉就是比较宫体诗，有富贵气象。五律的《真真国女儿诗》也是她念出来的。“香粘壁上椒”是林黛玉写的，话就说得比较文了，带点典故了。到林黛玉这儿，就不再傻乎乎地堆物象了，开始注重意态了，写“斜风仍故故”。贾宝玉对了一个“清梦转聊聊”。这两个人是《红楼梦》里最大的大手，都比较注重意态。贾宝玉跟薛宝钗又作了一个“梅花笛”“碧玉箫”的对子，不光写物象，开始引入人物了。正好这都是武朝出现的现象。说明这都属于人们为了争奇斗巧做的第一层努力。

清 孙温《雪庭争联即景诗 暖香坞雅制春灯谜》

这个层面上做的努力，就是写奢华精致的物象，用典故，写意态，写人物。可以做的事仍然不多。这个时候，再想创新，就得来一个振起，跟前面的审美风格决裂。这就进入了第三阶段，相当于盛唐。

这个振起，是薛宝钗决定的。她抛出了一个上句，“鳌愁坤轴陷”。这个画风跟前面明显不同，明显是薛宝钗故意要的。她这么一个人来振起，也是可信的。盛唐的时候也是这么一个雄壮的声调，为什么要这么雄壮，就是为了跟前面的初唐竞争。

到这个阶段，前面的非专业选手就退出了战场。李纨站起来说，我给你们看热酒去吧。转到这个画风，她知道凭她的才力，是玩不转了。那薛宝钗这句，谁来对呢？曹雪芹安排了另一个攻气十足的人，就是史湘云。史湘云对了一个“龙斗阵云销”。这也声气很壮，很盛唐。然后她们就写开边塞诗了。这个边塞诗，是薛宝琴接的，她的声气也壮。然后这三个人就掐起来了。曹雪芹的形容是，史湘云“那里肯让人”。说她“扬眉挺身”的才联呢，你看声气多壮呢。这时候她出来一句，“坳垤审夷险”，这个句子就有点难读了，故意有点拗，向古诗去学习了。这是盛唐后期出现的风气，就是岑参、杜甫他们搞的。为什么搞这个，还是为了跟前面竞争。这个可以算第四阶段，盛唐后期。

但是你也不能老这么竞争，文武之道，有一张就有一弛。这么一下子就高上去，别人一时跟不上，还得掉下来。宝钗对了一个“枝柯怕动摇”，又出了个“皑皑轻趁步”，这就比较自然，像王维的作风。宝钗是比较像王维的。唐朝在杜甫他们把诗弄得很硬了以后，也有这么一个松弛的阶段，重新去学王维。这就是大历诗风，算是中唐前期。这个可以算是第五个阶段。

这个时候，黛玉赶紧上来对。她为什么赶紧啊，你看前头几句她都没说上话。前头几个声调壮的掐的时候，林黛玉对不上，因为这个不符合她的气质。这时候薛宝钗把节奏带得松下来了，林黛玉才有参与的机会。对了个“翦翦舞随腰”，还是她的那种轻盈的风格。贾宝玉也跟着联。这都属于第五阶段，大历诗风是有这种比较轻柔的风格的。

但是史湘云对这个风格不满意，所以她说让贾宝玉快下去，说“你不中用，倒耽搁了我”。在这儿大家还是不要理解成贾宝玉写得不好，而是史湘云这时候杀红了眼，不想玩贾宝玉、林黛玉那个轻柔的风格。后面薛宝琴接着往杀伐之声上走，说“林斧不闻樵”，说“伏象千峰凸”，史湘云赶紧接了个“盘蛇一径遥”。这都是往雄奇的路上走。但是这时候跟刚才比起来，又是更偏奇

清 孙温 《林黛玉卧病潇湘馆》

一点。为什么变得更奇了呢？因为想赢别人。现在几轮较量下来，这个平台已经比较高了。你要想赢别人，只能往奇了写，往怪了写，往杀伐之声上去走。这就进入了第六阶段，相当于中唐后期，韩愈孟郊他们。这几句写得很有韩愈、孟郊的味道。

前面一段都是几个大手在战斗，别人插不上话，就好像盛唐的时候，都是几个大佬的声音比较响。等到了韩愈、孟郊这个阶段，二流选手又有说话的机会了。

这时候，大观园二流诗人里最优秀的诗人——探春，又上来接了一句，“色岂畏霜凋”，又出了一句，“深院惊寒雀”。探春的气质，比较傲霜斗雪，所以曹雪芹安排她这时候出来垫一下。然后邢岫烟也出来接了，对了很硬的一句，“空山泣老鸮”。这句有点诡异了，就是中唐后期的风格，韩愈、孟郊，甚至可能是李贺的风格。后面的三句，“阶墀随上下”“池水任浮漂”“照耀临清晓”，都是中唐后期的风格，冷峻，琐碎。这是为了跟前代竞争，只好写前代不写的东西。结果就越写越细碎，越写越冷僻。

这个时候，林黛玉又冒出来了。对了个“缤纷入永宵”。突然不那么冷了，好像又有了点艳丽的色彩，这也符合林黛玉的审美。本来是雪，那么白那么冷，偏要写它“缤纷”，写它迎风飞舞，在月光下泛出一点色彩来。这相当于我们说的，中晚唐齐梁诗风。到韩愈、孟郊他们怪怪奇奇的时候，突然又冒出一帮人来，重新开始写艳诗了，又学那个初唐的调子。包括白居易、元稹他们，都写。为什么这时候又想起写艳丽的诗了呢？还是为了竞争。大家都去写怪奇，又没意思了，这时候兴了一圈又兴回去了，重新开始兴艳丽的诗了，用艳丽的诗再回来跟那种怪奇的诗竞争。

然后她们几个大手又开始艳丽起来了，什么“天机断缟带，海市失鲛绡”。一方面要艳，一方面又要奇，这才能盖过前面的。这是中唐后期齐梁诗风的风格。其实反映的是竞争的焦虑一步步升级了。看这几个大手联到这时候，仿佛战争进入了白热化阶段，抢着联，最后林黛玉都不容史湘云出，自己抢着出上了。不过她这一抢，就又进入了下一个阶段。

林黛玉的诗，不是以力道取胜的，太雄奇了就不是林黛玉了。她的风格，用我们今天的话说，有一点“丧”，她喜欢写那种冷清的、柔和的、有点向下

明 唐寅《王蜀宫妓图》

的感觉。现在大家抢着飙高音，眼看着飙不上去了，再想创新，就只能出奇制胜，咱们不往上走了，而要往下走了。这一点林黛玉是擅长的。

这个从飙高音变成往下走的阶段，也就是说，从雄奇变成“丧”，就是姚合、贾岛的阶段，可以算第七个阶段。林黛玉这一往下走，表现出来的也是姚合、贾岛的风格。“寂寞对台榭，清贫怀箪瓢。”不再那么声嘶力竭了，要说自己寂寞、清贫。

往下走的话，怎么发展呢？就得具体地描绘自己怎么寂寞，怎么清贫。这条道路的毛病就是越写越细，越细越碎。“烹茶冰渐沸，煮酒叶难烧。”写煮茶的水是冰水，是用冻的树叶烧火，所以不好烧。你说写得多细碎，而且透着一股寒意。这就是姚合、贾岛的风格。

诗写到这儿，就不怎么像诗了，有点像开玩笑了。这个时代，诗人下笔写诗，已经不那么有崇高感了，更多的是有一点游戏的味道。所以史湘云对出这个“煮酒叶难烧”的时候，是笑着对的，好像是说：这也能往诗里写。今天我们写“实验体”，也经常有点这个趣味。

这个“煮酒叶难烧”，一下子就拓宽了大家的思路，也开启了一个大家都笑着联句的局面。大家意识到，原来这些琐碎小事也能写啊。结果就跟起哄似的，都写起这些琐碎小事了。不再正儿八经写了，开始开玩笑胡闹了。大家你搭一句我搭一句，越写越觉得可笑。画风跟前面就又不一样了。

林黛玉笑着说了个“没帚山僧扫”。雪把笤帚都没了，和尚还在那儿奋力地扫雪呢，这是个有点滑稽的场景。其实雪再大，也不至于把笤帚都没了。薛宝琴一想，你把笤帚没了，我就埋琴吧，雪把琴都埋上了，小孩还在那儿弹呢。这个场景就更可笑了，没有这么傻的小孩。这都是没有的场景，为了凑句子硬编的。她们这个硬编是一种幽默感的体现，编得越离谱越好。所以史湘云在旁边笑得弯了腰。

史湘云笑得，人家都听不清她念的什么了。她念了一个“石楼闲睡鹤”。仙鹤本来是精精神神的，没有说睡的。史湘云这是说下雪了，鹤不能出来溜达了，只能在楼里闲得睡着了，这是一种解构。说鹤睡，其实还是人睡，阴天好睡觉。鹤是史湘云的象征，她自己也曾经醉眠芍药茵，她就是那“睡鹤”。大概阴天的时候，史湘云也会在屋里睡懒觉吧。

林黛玉对了个“锦罽暖亲猫”，这就更是开玩笑了。把猫写到诗里，都是开玩笑的。猫在正统文化里是没有位置的，一不劳动二不生产，你说猫逮耗

明 陈洪绶《花卉山水册（局部）》

子，其实猫的主要谋生手段还是卖萌。所以盛唐以前，诗里没有写猫的。最早在诗里写猫的，是中唐后期的元稹。元稹也是拿猫做韵脚，叫“停潦鱼招獭，空仓鼠敌猫”。这一看就是中唐后期的作品，是反传统审美的。说死水里鱼在那儿蹦跶，擎等着水獭来逮它；空仓库里老鼠特别猖狂，都能打过猫。这一看也是开玩笑的。故意写日常的、琐碎的、不那么唯美的事儿。元稹在这儿拿猫做韵脚，也是故意押险韵，炫耀技巧。顺便说，元稹这首诗相当于三肴韵，还不是二萧韵，就相当于这个猫还念喵星人的“喵”。到平水韵里，猫已经是二萧韵了。

从元稹这时候开始，喵星人才开始时兴入诗的。到宋朝的时候，写喵星人的诗就比较常见了。因为宋朝人是学中唐后期的。元稹那时候写猫，还有点“实验体”的味道，到宋朝就成时髦了。现在有人开玩笑说，有没有猫已经成了衡量人生是不是成功的标准了。宋朝那时候也差不多，士大夫都兴养猫，养了猫就得“晒”，就得往诗里写。像陆游，上一首诗还写“尚思为国戍轮台”呢，下首诗就写“我与狸奴不出门”了。宋朝人写猫，也是为了表现一种生活的小情趣，跟我们今天写猫是一样的，还是开玩笑的，不是正经写的。所以林黛玉写到猫，是要笑得捂着胸口。为什么要高声喊，因为已经笑得说不出话来了。

林黛玉写，天冷，所以把猫放到暖被窝里焐着，这不是一个能入诗的场景，拿格律写出来，是搞笑的。她造的“亲猫”这个词，也挺新鲜的，猫奴都懂的。林黛玉特别擅长这个，像她造的“母蝗虫”这个词，薛宝钗就说：“他用‘春秋’的法子，将世俗的粗话，撮其要，删其繁，再加润色比方出来，一句是一句。”这就是黄山谷说的“点铁成金”。字面就用俗语，然后你再提炼，再把诗人的感受力加进去，熔铸成你自己的语言。虽然看起来都是大白话，但是市井的语言一说拉拉杂杂一大堆，诗人的语言，一句是一句，这就是诗的语

清 孙温《宝凤回家称赞秦钟 宝玉遇见门下清客》

言和真正白话的区别。像“亲猫”这个词，也是诗人创造的语言。

“暖亲猫”是很琐碎的，但是“锦罽”又是很华丽很厚重的物象。两个东西放在一起，就形成了强烈的反差萌。说“锦罽暖亲猫”，有明显的调笑意味，就跟我们今天在微博上控诉猫主子是一样的。这样的句子，不能认真地看，说多唯美啊，生活多么优雅啊。这里体现的是林黛玉的幽默感。

姚贾体写琐碎的事物，写到极致，连猫都上来了，这就是开玩笑了。当然你故意开玩笑那是挺好的。如果你是很严肃地写诗，完全为了出奇制胜，最后啃到这么琐碎的地方，就不是好诗了。就算你是故意开玩笑，你也不能一辈子写诗光开这种玩笑，写多了也就没劲了。所以这一轮，又走到绝境了。

其实在真实的文学史上，姚贾体没有它独立的时代。姚合、贾岛本人跟韩愈、孟郊差不多生活在一个时代。后来到了温李的时代，韩孟体不时兴了，但是姚贾体接着时兴。一直到唐朝灭亡，五代的时候，连温李体都不时兴了，姚贾体还在。这种琐碎的诗风有着强大的生命力，因为它老有的写。一直撑到了宋朝建立，宋初三体里，有一个晚唐体，其实就是姚贾体。它也不是复兴姚贾体，而是姚贾体一直就没死。在这里曹雪芹把姚贾体处理成比温李体早的一个阶段，这是他的理解，这里也可以看出清代中期的诗学观念。

姚贾体玩到头了，薛宝琴又出来再一次振起，写"月窟翻银浪"，这就进入了第八个阶段。琐碎日常写不下去了，她又出来重新写大场面，写唯美，写"银浪"，重新用这种珠光宝气的字眼。但是比起最初的小清新，比起第二轮战斗的那种凝重的美，"月窟翻银浪"这个意象，还是带上了点中唐以后的冷僻，特别是中唐后期的那种怪奇。怪奇的风格跟华丽的风格结合，就是晚唐的风格，这就相当于进入了温庭筠、李商隐的时代。这样的句子，就有点像温李的五言诗了。

到了这个阶段，大家的措辞又变得唯美起来了。史湘云写"霞城隐赤标"，字面也很漂亮。林黛玉写"沁梅香可嚼"，字面漂亮，也新鲜，但实际上她用的是一个疯道士的典故，梅花这样的东西，用来嚼，这又有一点险怪，一看就不是盛唐以前了。薛宝钗对了个"淋竹醉堪调"。一边唯美，一边追求魏晋那样放浪形骸的风度。然后她们就一人一句，后面几句，都是跟李商隐的排律里借的梗。"或湿鸳鸯带，时凝翡翠翘"，用的是李商隐的"数急鸳鸯带，频抽碧玉簪"。"无风仍脉脉，不雨亦潇潇"，在李商隐咏灯、咏雨的排律里，也都有类似的字眼。

写到这儿，大家都笑软了，实在编不下去了。也就是说，“能事毕矣”，创新的辙用完了，再也没得写了。最后曹雪芹让李纨、李绮好歹收了一句，“欲志今朝乐，凭诗祝舜尧”，算是结尾了。唐代诗史也确实到这个地步就算结束了。按今天的观点，其实温李以后还有发展。但是按曹雪芹那个时代的观点，可能温李就是唐诗的结尾了。

这首诗到这儿已经把唐诗八个阶段的辙都用过一遍了，也确实到了该结束的时候了。所以曹雪芹借李纨的口说：“腊的字若生扭用了，倒不好了。”这也告诉我们，写排律不要追求长，不要追求把一个韵的字用尽了，不要追求用那些生僻字做韵脚。

凹晶馆联句：晚唐诗境

另一次联句就不这么热闹了。因为联句的人少，只有林黛玉、史湘云、妙玉这三个大手，所以竞争性不强，风格也没有这么变来变去的。凹晶馆联句（见原文七十六回），其实主要是芦雪广联句的最后一个阶段，温李阶段的风格。温李时代，排律确实有了一个里程碑式的发展。温李把诗写得很精致，所以很适合写排律。晚唐的很多排律都写得很漂亮。但是在芦雪广联句（见原文五十回）里，只有那几句来象征晚唐排律的风格，很不过瘾。所以我觉得所谓凹晶馆联句，其实就是曹雪芹自己又写了一首晚唐温李风格的排律，过了一下瘾。

凹晶馆联句炫技的成分很强。首先韵脚就用了十三元。曹雪芹爱用十三元，因为它难。之所以难，是因为这个韵部就是一个十三不靠，在哪个方言里都不是完美的一个韵，要不就不是一个韵，要不就跟别的韵混。这就造成，不管谁写十三元，都特别容易错。所以十三元这个韵部在江湖上有个名头，叫“该死的十三元”。曹雪芹故意写十三元，是显摆他韵熟。

凹晶馆联句整体上来说就是晚唐的风格。正好小说写到这儿，也举步维艰了，跟晚唐的感觉也差不多。曹雪芹把这首诗放在这儿，烘托末世的气氛。

这首诗大概也可以分几段。

第一段，从开头到“传花鼓滥喧”。这是写中秋的热闹场面。这一段主要写华丽的世俗生活，跟李商隐也借了不少梗。这一段主要体现晚唐的华丽风格。

第二段，从“晴光摇院宇”到“空剩雪霜痕”。这一段写在月色下，在清静的院子里，两个人在联句。这一段体现晚唐的冷僻风格。

到这儿，林黛玉说，“这时候可知一步难似一步了”。到了要劲的时候了。

第三段，从“阶露团朝菌”到“晦朔魄空存”。这一段主要是体物，体现晚唐体物着力的风格。体物是最能展示技巧的。像“庭烟敛夕棔”，这个“棔”字押的险韵。像“秋湍泻石髓，风叶聚云根”，这都是体物的警句。

第四段，就是湘云黛玉联诗的最后四句。这四句出现了死亡的预兆，体现的是晚唐幽怨、诡异的风格。“壶漏声将涸，窗灯焰已昏。”这个景象很唯美，但是很丧，有死亡的隐喻，晚唐人的审美就喜欢这样的。然后史湘云作为鹤的代表，说了个“寒塘渡鹤影”。有人索隐说这句预示着史湘云后来在水上漂泊。其实单看的话，这句也挺鬼的。小说里也写，这个鹤影像个鬼一样。然后林黛玉就出来了这首诗的警句：“冷月葬花魂。”这句非常美，但是也非常不祥。史湘云就直接说：“你现病着，不该作此过于清奇诡谲之语。”这样的一句，也只有林黛玉来写了。

到这儿，其实曹雪芹写晚唐排律的瘾已经过够了。然后就让一个妙玉出来，把后面续完了。妙玉续的这一段儿，既华贵艳丽，又有仙气，这也是晚唐诗的一种风格。学晚唐游仙诗的这一段，当然也只好让妙玉这样的出家人来写了。

排律在文体系统里处于比较高的地位，仅次于赋。在实际创作中，往往成为炫耀才华的工具。在小说里写排律，那没人要看，所以曹雪芹就用联句的形式把它表现出来。对于不同阶段的风格，曹雪芹很巧妙地把它和不同人物的性格嵌合在一起，这也体现了曹雪芹的诗学理解。至于一般的初学者，暂时还是不要轻易尝试排律了。

清 费丹旭 《十二金钗图·妙玉品茶》

歌行

歌行是什么人写的？

歌行要讲格律吗？

《红楼梦》里的歌行，都是阳春白雪的存在。林黛玉一共有三首，而且都是她的私人创作，不是跟任何人唱和或者酬赠的。林黛玉写这三首歌行，我们印象都很深刻，因为都是她在感情有比较大的波动的时候写的，都是她和宝玉的关系有一个很大的推进，每次林黛玉写完歌行，她的身体状况都会更差一点。所以这三首歌行，充满了强烈的生命情绪。林黛玉的这种歌行，是歌行的一个经典路数，写文人的个人感情，爱写生生死死的事。从歌行的老祖宗，南朝的鲍照开始，到盛唐的李白、杜甫，再到中唐的李贺，我们熟悉的好多经典歌行，都是这个路数。

除了林黛玉，《红楼梦》里就只有贾宝玉写过歌行。我们印象深的，就是第七十八回，他在贾政面前，写了一个很长的《姽婳将军词》。其实他还写过一个，就是第七十九回，迎春出嫁，他写了一个很短的《紫菱洲歌》。

贾宝玉的《姽婳将军词》，烟火气就比林黛玉那三首稍微重一点。《姽婳将军词》有很强的叙事性，是讲了一个故事，中间有很多场面描写，也有心理分析，写的整个是别人的故事，不像林黛玉完全写的是自己的内心，可以认为，跟林黛玉那三首是不同的路数，它代表的是歌行更基本的一种体，就是以铺叙见长，用第三人称讲故事，还带有说唱文学的痕迹。我们熟悉的初唐四杰的歌行，或者白居易的《长恨歌》《琵琶行》与吴梅村的《圆圆曲》之类，都属于这种体，其实盛唐除了李白、杜甫这种生命力特别强的诗人以外，多数诗人也是写这种体的。

从《红楼梦》中我们就知道，写歌行的条件是很苛刻的。首先你必须是贾宝玉、林黛玉这样纯粹的诗人。其次你要么就有特别强烈的生命情绪要抒发，要写《葬花吟》；要么就有一个特别浪漫的故事要讲，要写《姽婳将军词》。否则，就不要写歌行。

那么，写歌行要不要讲格律呢？要讲的。按照经典定义，歌行是古体诗，既然是古体诗，那就应该不讲格律，或者说，故意每一句都躲开格律，那我为什么说歌行要讲格律呢？

简单的文体观，是非黑即白的，不是古体就是律体，一刀切。我们知道，非黑即白不是科学的态度，现实世界肯定是有很多中间状态的，非黑即白肯定有很多问题没法解释。而且一刀切的时候，这一刀又切得特别苦，只有严格遵守格律的才叫律诗。这就导致了把大量的中间状态都给切到古体诗去了。然后你又告诉我，古体诗是不讲格律的。但是事实上，这大量的中间状态明明是讲格律的，所以你说的就不符合事实了。最典型的例子，就是歌行。

之前我说，排律是古体诗到律诗的中间状态，其实歌行也是古体诗到律诗的中间状态。歌行也是齐梁时代正式出现的，这个时候，七言诗已经决定要讲格律了，但是还没决定要写八句，更没决定要写成五律那样中间对仗的格式。具体的格式不固定，要你自己去谋划，去安排，但是格律有了，不能不讲格律。当然，既然是中间状态，那么偶尔出律也是允许的，跟排律是一样的。

所以说，歌行是一种讲格律的文体，你不能说，我写的是歌行，是古体，不讲格律。这个说法是错误的。歌行允许有拗句，但是这个拗句是用来表达特殊感情的，也不是合不上律就不合了。相反，正确使用拗句，需要以熟练掌握格律为基础。所以千万不要抱有“我学不会格律，就写歌行吧”这样的想法。

歌行的格律要求：以《葬花吟》为例

那么，歌行在格律上有什么要求呢？我就着林黛玉的《葬花吟》（第二十七回）讲一下。

花谢花飞花满天，红消香断有谁怜？
游丝软系飘春榭，落絮轻沾扑绣帘。
闺中女儿惜春暮，愁绪满怀无释处，
手把花锄出绣闺，忍踏落花来复去。
柳丝榆荚自芳菲，不管桃飘与李飞。
桃李明年能再发，明年闺中知有谁？
三月香巢已垒成，梁间燕子太无情！
明年花发虽可啄，却不道人去梁空巢也倾。
一年三百六十日，风刀霜剑严相逼，
明媚鲜妍能几时，一朝飘泊难寻觅。
花开易见落难寻，阶前闷杀葬花人，
独倚花锄泪暗洒，洒上空枝见血痕。
杜鹃无语正黄昏，荷锄归去掩重门。
青灯照壁人初睡，冷雨敲窗被未温。

怪奴底事倍伤神，半为怜春半恼春：
怜春忽至恼忽去，至又无言去不闻。
昨宵庭外悲歌发，知是花魂与鸟魂？
花魂鸟魂总难留，鸟自无言花自羞。
愿奴胁下生双翼，随花飞到天尽头。
天尽头，何处有香丘？
未若锦囊收艳骨，一抔净土掩风流。
质本洁来还洁去，强于污淖陷渠沟。
尔今死去侬收葬，未卜侬身何日丧？
侬今葬花人笑痴，他年葬侬知是谁？
试看春残花渐落，便是红颜老死时。
一朝春尽红颜老，花落人亡两不知！

第一个元素，格律。我刚才说了，歌行要讲格律。《葬花吟》里，绝大多数句子都是律句，不仅是律句，该粘的地方要粘，该对的地方要对，跟律诗的要求是一样的。不过，歌行篇幅长，中间要转韵，讲究的是一个婉转摇曳，所以不像律诗那样要求从头粘到尾，到转韵的时候就不用粘了。比如说，写一首七律，第四句和第五句是必须要粘的；写一首排律，第四句和第五句理论上说也必须要粘。但是，写歌行，如果第五句换韵了，那就不用粘了。

拿《葬花吟》来说，开头四句都是律句，都按近体诗的规矩讲粘对。“花谢花飞花满天”，然后对“红消香断有谁怜”，然后粘，“游丝软系飘春榭”，然后对“落絮轻沾扑绣帘”。跟绝句的格律要求是完全一样的。但是到了第五句，“闺中女儿惜春暮”，换韵了，“闺中”就不用去跟“落絮”粘了。再往下，“愁绪满怀无释处”，“愁绪”又是必须跟“闺中”对的，后面“手把”，也得跟

清　孙温　《贾宝玉神游太虚境》

"愁绪"粘，以此类推。

相对而言，歌行的粘对不是很严格，例如"手把花锄出绣闺"和"忍踏落花来复去"，虽然各自是律句，但是没有对的关系，这就体现歌行介乎古体与律体之间的特征。因为粘对是比律句晚出的规则，也是重要性较低的规则，所以在歌行这样格律要求较宽松的文体中，粘对经常是被放弃的。

清 改琦《红楼梦图咏·春燕五儿》

我说《葬花吟》大多数的句子都是律句，那就也有不是律句的。我把不是律句的给你罗列一下，你就知道，哪句拗，林黛玉都是有用意的，不是合不上格律就不合了。

第一个，“闺中女儿惜春暮”，这是为了写她“愁绪满怀无释处”，柔肠百转的情绪，所以用了一个特别起伏的调子，仄平仄平仄。后面的拗句，有四个半拗的，“明年花发虽可啄”“一年三百六十日”“怜春忽至恼忽去”“随花飞到天尽头”，这四个都是连用三个音步的仄声，而且多用入声字，这在律诗里是半合法的，用来表达激越的感情，这四句表现的都是岁月的无情，有一种生命流逝的感觉，好像林黛玉在哭着跟你倾诉一样。

然后有两个真正的拗句，一个是“明年闺中知有谁”，一个是“他年葬侬知是谁”，措辞都差不多。这两句都是写到林黛玉自己的死亡的，都表达了极为强烈的生命情绪。显然她这些拗句都不是随便拗的。如果你要在自己的歌行里写拗句，你得掂量一下，你用这拗句打算写什么。

不用这些拗句的时候，林黛玉的表达就相对平静一些，主要是叙述的语调，比较唯美。使用近体诗格律，声情是比较温柔敦厚的。

跟拗句相似的，还有杂言的问题。《葬花吟》基本是七言，只有两个地方是杂言。一个是“明年花发虽可啄”，后面垫了一个“却不道”然后“人去梁空巢也倾”。这个“却不道”，是模仿说唱文学的痕迹，也是表达一种激越的感情。再就是“天尽头”那个地方。“天尽头”三个字，重复了一下上句的最后三个字，这是歌行特有的形式，也是模拟民间歌谣的，然后跌出来一个五言句，“何处有芳丘”。前面都是七言，流水一样地往前走，到这儿突然有个短句子，你就会特别注意，她在这儿表现一种特别激越的情感，一种对理想极度的追求，也是对现实绝望的呐喊。王立平先生谱曲的时候把“天尽头”这个地方特别突出出来，是非常有必要的。歌行里的杂言，是用来突出这种特别激越的情感的。

从《葬花吟》看歌行的四个元素

歌行的第一个元素是格律，第二个元素就是转韵。

歌行标准的模式，是四句一换韵。偶数句要押韵，换韵的那句也要押韵。也就是说，四句用一个韵脚，其中一、二、四句都要押韵，就像一首七绝的样子。我们后来写七绝，理论上第一句都要押韵。也有第一句不押韵的，其实是不对的。韵脚可以平也可以仄，如果押平声韵，第三句最后一个字当然必须是仄声，跟近体诗的要求是一样的；如果押仄声韵，那么第三句最后一个字就必须是平声。

比如《葬花吟》开头，“花谢花飞花满天”，“天”是押韵的；“红消香断有谁怜”，“怜”是押韵的；“游丝软系飘春榭”，“榭”不用押韵，那就必须是仄声；“落絮轻沾扑绣帘”，“帘”也是押韵的。当然在这儿曹雪芹通押了，《葬花吟》的韵部是不严格的。

然后就转韵，“闺中女儿惜春暮”，转韵了，那这个“暮”字就得押韵；“愁绪满怀无释处”，“处”是押韵的；“手把花锄出绣帘”，“帘”不用押韵，那就得是平声，因为韵脚是仄声；“忍踏落花来复去”，“去”是押韵的。

讲究的歌行，平韵和仄韵是交错的。比如第一韵用了平声——天，第二韵就用仄声——暮，第三韵再用平声——菲。不太讲究的时候，连着用平声，连着用仄声，也是可以的。

歌行的标准模式是四句一换韵，但是到四句也可以不换韵。因为换韵就跟我们写作文分段一样，换一个韵，就得换一个意思。可能你这个意思，四句说不完，那就不换韵，接着往下写，只要不入韵的那句一直跟韵脚平仄相反就可以了。比如你写，“怜春忽至恼忽去，至又无言去不闻”。写完觉得意犹未尽，那就还不换韵，继续写，“昨宵庭外悲歌发，知是花魂与鸟魂”。“魂”接着押这个韵，只要“发”这个地方是仄声就行了。

一韵可以长，也可以短。你说我两句就说完了，也可以两句就换韵，但是你这两句都得押韵。比如“承欢侍宴无闲暇，春从春游夜专夜”，两句说完

清 费丹旭《十二金钗图·元春才选凤藻宫》

了，“暇”和“夜”就必须押韵，你再不押韵你跟谁押去呀？

一般来说，四句一换韵，表示情绪比较平和。两句一换韵，说明思维比较跳跃。超过四句还不换韵，说明你憋了一肚子的话要说，情绪就比较激动了。所以按照换韵的规矩不规矩，可以把《葬花吟》分成三大段。

第一大段，从“花谢花飞花满天”，一直到“一朝飘泊难寻觅”。这一段换韵都是很规矩的，四句一换韵。是叙述性的，抒情相对比较平和。王立平先生谱曲的时候，就用了比较平和的主旋律来表现这一段。一上来“花谢花飞花满天”，女声合唱，比较平和。当然这段太长了，不可能都谱曲，王立平就掐了第一韵“花谢花飞花满天”，和最后一韵，“一年三百六十日”，谱了两段，作为代表。第二段换成女声独唱，情绪激越一点。

第二大段，从“花开易见落难寻”，一直到“强于污淖陷渠沟”。你看这么长的一段，其实一共就两个韵，说明情绪比较激越。王立平谱的时候，这段旋律就变了，而且是重点谱的，中间高潮很经典，我们仔细分析一下。

曹雪芹是清朝人，所以他写的歌行，已经不像盛唐以前那么规矩了。特别是《葬花吟》中间这一大段，表现林黛玉在强烈地抒情，体式上就更是比较放飞自我了。

《葬花吟》中间这一大段，实际上只换了一次韵，所以又可以分为前后两小段。

第一小段，从“花开易见落难寻”到“知是花魂与鸟魂”。用的都是一个韵。这一段其实韵挺乱的，十一真、十三元、十二侵混着押，按说不应该。

第一大段的最后说到“一朝漂泊难寻觅”。从开头的平声韵，到这儿转到入声韵了，声情已经开始凄厉了。内容上已经从对葬花这件事的描写，转入对生命的思考了。所以最后这四句，王立平安排的是女声独唱。这时候已经把情绪推上去了，然后就进入情绪激越的第二大段。然后第二段开头，“花开易见落难寻”，接上去，内容上从写花转到写人，写林黛玉倚着花锄哭起来了，王立平先生的处理也是开始变奏了。

到这儿，形式上好像还是四句一转。第五句，“杜鹃无语正黄昏”，又押韵了，好像换韵了。但实际上他又没换，还是那个很混乱的韵。唐朝人是没有这么押的。如果你说他是没转韵，那出句就又不应该押韵了。唐朝人也没有这么押的。所以说这一段的用韵，非常不规矩。

后面还是，“怪奴底事倍伤神”，又押韵了，可是还没有换韵。然后到“至又无言去不闻”。但是这一韵还没有完。后面又出来“知是花魂与鸟魂”，还押前面的韵，而出句“昨宵庭外悲歌发”，是不押韵的。

我小时候不懂歌行的体式，背这个《葬花吟》的时候，理解成“昨宵庭外悲歌发”是另起一个意思了，后面到“鸟自无言花自羞”，是四句，构成一个意思。从语意上讲，也确实是这样。但是从用韵上讲，上一韵是到“知是花魂与鸟魂”才截住的。话说半句，截住一半，然后转韵了。“花魂鸟魂总难留”，这个“留”字，它是入韵的，跟后面“花自羞”“天尽头”押韵。

其实这是曹雪芹玩的一个花活。乐府传统里，有韵转意不转、意转韵不转这个说法，认为这样比较好。故意让意义单位跟音乐单位错开，唱歌唱完了一段，故意留一句话不说完，然后唱下一段的时候再接着说完，这样在音乐效果上显得很生动。鲍照的歌行就玩这个，宋词里面也有这样的，上阕结的时候故意留半句话，过片的时候不是另起一个意思，而是接着上阕说完。《葬花吟》里，也玩了个这个。

王立平先生处理的时候，就把这块扔了不要了，反正这一韵也长。前一小段就取了前四句。唱完“洒上空枝见血痕”，直接就接“愿奴胁下生双翼”，音乐上就是把“独倚花锄偷洒泪”又重复了一遍，然后“随花飞到天尽头”，好像“天尽头”就是跟后面“何处有香丘”押韵一样。实际上，“随花飞到天

清 孙温 《埋香冢黛玉泣残红 花园中暇游观鹤舞》

尽头”首先是跟前面“总难留”“花自羞”押韵的。等于是从“花魂鸟魂总难留”开始，说了四句，意犹未尽，反而慷慨悲哀地跌出杂言来，“天尽头，何处有香丘”。完了又足足续了四句，到“强于污淖陷渠沟”才刹住，这整个是第二大段的第二小段。王立平在谱曲的时候，对后面加上来这四句也有他的处理。

《葬花吟》真正写葬花的，是前面比较平和的第一大段，那是白天葬花的情景，以及林黛玉在葬花时候的所见所感，也就是小说故事发生的场景。从第二段开始，写的是日落之后的场景，这个场景在小说里并没有发生。这个场景是很私人的，不太好用音乐表现，所以在写成歌的时候都删掉了。林黛玉意识到花的飘泊无法挽回，一个人垂泪。这时候黄昏了，她怅然归去，冷清清地锁上门，独自睡去，青灯照壁，冷雨敲窗。然后林黛玉为自己辩白，我为什么这么伤神呢？因为我怜春，又恼春。春天就像一个可爱又可恨的情人一样，至又无言去不闻。内心独白，很少女。这一节写得非常唯美，但主要还是叙述性的，还算是对现实的描写。

到两段中间的过渡，也就是曹雪芹玩花活的地方，开始从现实往浪漫走了。在青灯照壁冷雨敲窗的环境里，林黛玉说听见花魂鸟魂在院子里悲歌，这就有点奇幻了。她随即想到，花魂鸟魂总是留不住的，这就激发了她强烈的生命意识，让她唱出了葬花吟的最高音："何处有芳丘？"我愿意随着飞花飞鸟，飞到天尽头，但是什么地方才是理想的净土呢？还不如死去，把所有的风流都埋进土里，就像落花一样。放弃了生命而保留了我的高洁，比留在这个不如人意的世界上还强一点。这一段非常激越，林黛玉写了最高远的幻想，也说了最狠的话。我认为这是《葬花吟》里最精彩的一段。

第三大段，从"尔今死去侬收葬"到最后"花落人亡两不知"。八句两韵，又比较规矩。只有"试看春残花渐落"，换韵的时候没押韵，因为快结尾了，表现死亡情绪，有一点变化。这一韵很压抑，很悲哀，但是并不激越。人真的要死了，也就不激越了。所以王立平先生谱曲的时候，"尔今死去侬收葬"这一韵，又回到开头"花谢花飞飞满天"那个主旋律。"试看春残花渐落"，有一点变化，用了后面副歌那个旋律，做一个结束，好推到最后"花落人亡两不知"上头去。

由此可见，王立平先生为《葬花吟》作曲的时候，设计的情绪起伏，从歌行体式的角度来看，是非常忠于曹雪芹的构思的。

第三个元素，就是对仗。特别规矩的歌行，每一韵里面，第三句和第四句是要对仗的。还拿"花谢花飞花满天"举例子。"花谢花飞花飞满天"跟"红消香断有谁怜”，一般不对仗，因为第一句要押韵，再对仗的话难度有点高了。万一你非要对仗，也没人拦着你。然后“游丝软系飘春榭”跟“落絮轻沾扑绣帘”，这是要对仗的。

这时候你看出问题来没有？就是歌行里面标准的四句，跟七律的前四句长得是一模一样的。都是一、二、四句押韵；第三句不押韵，最后一个字平仄反一下；第三句和第四句要对仗。所以为什么七律一般第一句要押韵呢？因为它是从歌行来的。歌行第一句要押韵，这是乐府的特点。五律第一句为什么有时候押韵有时候不押韵呢？因为五律有两个源头。一个是五言乐府，一个是五言古诗。随乐府的那个就要押韵，随古诗的那个就不用押韵。但是七律就是从乐府来的，原来没有七言古诗，所以没有另一个源头，所以第一句必须得押韵。后来七律也有第一句不押韵的，但是唐朝很少，叫“尖头律”，是一种特殊体格。说得极端一点，七律第一句不押韵是错的，是因为不懂，比着五律来了。

明 陈淳《紫薇扇面》

“尖头律”得到普遍的接受，是很晚的事了。

刚才我说了，如果你一个意思四句说不完，可以往下续。往下续的时候，对仗的问题怎么办呢？讲究的做法是接着往下对。如果这样的话，那歌行里的六句就又跟七律的前六句长得一样了。所以，我认为七律的直接起源就是歌行。有人说我如果六句以后接着对仗呢？那就成了七言排律啦。

当然，你讲究不起的话，也可以不对仗了。就算是讲究的歌行，写到最后也一定有一段是不对仗的，因为对仗句不好结尾，不容易写出结束感。七律的最后两句一般是不对仗的，其实就是在模拟歌行最后不对仗的这一段。

这种特别讲究的歌行，从南朝后半期开始流行，最讲究的时候，就是初唐四杰那时候。卢照邻的《长安古意》，骆宾王的《艳情代郭氏答卢照邻》，都特别典型。规规矩矩一个对仗一个对仗，跟系扣子似的。王维对这一体也写过不少，写的时候不仅对仗工整，而且一韵写老长，一对对好几联，跟七言排律似的。到李白、杜甫，他们好好写歌行的时候，也是规规矩矩跟系扣子似的。到中唐以后古文运动一来，就都造反了，不讲究这个了。

像曹雪芹写的这个《葬花吟》，对仗就很不讲究。真正对仗的只有两联，一个是“游丝软系飘春榭”对“落絮轻沾扑绣帘”，一个是“青灯照壁人初睡”对“冷雨敲窗被未温”，别的就没了。但是这两个对子还是写得很漂亮的。

歌行的格律，还有第四个元素，就是重复。歌行因为篇幅长，又基本上四句换一个意思，所以怎么加强句子间的联系，就成了一个问题。歌行有一个解决的方法，就是字面重复。

我们写律诗，原则上字面是不让重复的。但是歌行不仅可以重复，而且就是要重复，才像歌行。重复本来也是民歌的修辞手法，歌行保留了这个手法，正好用来加强句子间的联系。

歌行的重复，可以一句之内重复，比如“花谢花飞花满天”，重了三个

"花"字，这样写出来的句子，形式感很强，很有意思。也可以在一韵之内，句间重复，比如"桃李明年能再发，明年闺中知有谁"，重了两个"明年"，强调对"明年"的担忧，拿明年的桃李和明年的闺中人做对比。也可以在换韵的时候重复，比如上一大段用"一朝飘泊难寻觅"来结，下一大段用"花开易见落难寻"来起，故意重复"难寻"两个字，表示一下两段之间的承接关系，这样就加强了段与段之间的联系，这里典型地体现了歌行里重复的意义。

《葬花吟》体现重复还不是很典型，到了林黛玉的另一首歌行——《秋窗风雨夕》里，重复的现象更明显。

歌行的格律，一共有四个元素，格律、转韵、对仗、重复，在《葬花吟》里都有直观体现。歌行是一个形式很规矩的文体，千万不要把它当成"不讲格律"，当成古体诗。当然，具体操作的时候，歌行规定得不像律诗那么死，有很多需要你自己安排的地方，这就是歌行比律诗自由的地方。但是自由不是胡来，你自己安排，也一定要安排，不能胡写乱写。

"诗鬼"真会短命吗？

我们再说一说林黛玉的《秋窗风雨夕》(第四十五回)：

秋花惨淡秋草黄，耿耿秋灯秋夜长。
已觉秋窗秋不尽，那堪风雨助凄凉！

助秋风雨来何速，惊破秋窗秋梦绿。
抱得秋情不忍眠，自向秋屏移泪烛。
泪烛摇摇爇短檠，牵愁照恨动离情。
谁家秋院无风入，何处秋窗无雨声！
罗衾不奈秋风力，残漏声催秋雨急。
连宵脉脉复飕飕，灯前似伴离人泣。
寒烟小院转萧条，疏竹虚窗时滴沥。
不知风雨几时休，已教泪洒窗纱湿。

林黛玉每一次写歌行，都是标志着她的身心状况比上一次更差了。她写《秋窗风雨夕》的时候，是病情加重了，而且也不是简单跟贾宝玉怄气，而是真的为自己的未来担忧了，这时候她的心情是很悲凉的。所以写起来更凄风苦雨一点，不像《葬花吟》还有一种明媚的理想。

《秋窗风雨夕》还是有力度的，力度都放在下字上了，用在描绘客观事物上，更像中晚唐的歌行。《葬花吟》还有浪漫主义的元素，还有一种昂扬的感觉，更像盛唐的歌行。

《秋窗风雨夕》这个题目，是模拟初唐张若虚的《春江花月夜》的，题目每个字都对得上。其实《春江花月夜》也不是张若虚起的题目，这个题目陈朝就有了，是个乐府题目。不过《秋窗风雨夕》模仿的应该就是张若虚这首。

林黛玉模拟张若虚什么呢？首先模仿的就是原诗中体现出来的、歌行体的反复句法。张若虚写"江畔何人初见月，江月何年初照人"。两个江，两个月，两个何，两个人，既有反复，又有对仗的关系，句法很精巧。而要论起反复来，这两句又是在重复前两句，"江天一色无纤尘，皎皎空中孤月轮"。江和月又是从上面来的。下面还接着说江说月，说"江月年年只相似"，说"不知江

清 孙温 《林黛玉焚稿断痴情》

月待何人，但见长江送流水”。把“年”、把“何人”也都捎上了。用字反复回环，这都是为了加强句子之间的联系。林黛玉写《秋窗风雨夕》，一个最明显的特点就是用重字，这是有意模仿张若虚的。

清 陈枚《月曼清游图册·寒夜探梅》

《秋窗风雨夕》前八句，一共写了十三个“秋”字，而且“秋”和“秋”之间又有相对关系。比《春江花月夜》做得更极致。“秋花惨淡”对“秋草黄”，“耿耿秋灯”对“秋夜长”。“秋窗秋不尽”对“秋雨助秋凉”。换韵的时候，“助秋风雨来何速”粘了上句助、秋、雨三个字，然后又是“秋窗秋梦”“秋情”和“秋屏”。“自向秋屏挑泪烛”以后，换韵又粘着“泪烛”说，“泪烛摇摇爇短檠”。最后跌出来“谁家秋院无风入，何处秋窗无雨声”这一组对仗句，明显是模仿《春江花月夜》里“谁家今夜扁舟子，何处相思明月楼”的。后面又出现了一次“秋风”，一次“秋雨”，一次“窗”，可以说是把歌行用词反复的特点发挥得相当充分了。

然后再说对仗的问题。《春江花月夜》是比较规矩的，对仗句比较多，而且很有特点。《秋窗风雨夕》的对仗句没那么多，但是对仗的时候，会有意模仿《春江花月夜》。除了刚才说的“已觉秋窗秋不尽”是模仿“江畔何人初见月”，“谁家秋院无风入”是模仿“谁家今夜扁舟子”，还有“罗衾不奈秋风力，残漏声催秋雨急”也是连反复带对仗，“寒烟小院转萧条，疏竹虚窗时滴沥”也是对仗句。

《秋窗风雨夕》格律和用韵都比《葬花吟》规矩，除了开头下笔用了一个幽怨的半拗句，最后一韵有一个失粘以外，都符合近体诗的要求。没有杂言，规规矩矩四句一转韵，用韵也是规规矩矩的平仄相间。平声就用最典型的平声韵，用阳声韵；仄声韵就用最典型的仄声韵，用入声韵。第四韵写得长一点，写了八句。这也说明这首诗里没有《葬花吟》那种大起大落的生命激情，就是如泣如诉，如怨如慕，按照标准歌行的节奏在走。王立平先生谱曲的时候，截了两段平声韵的，又把最后一段入声韵的截了一头一尾四句，比《葬花吟》的花样也少多了。

林黛玉写这三首歌行，身体是越来越不好的。写《葬花吟》的时候，她还没什么病。诗里对生死的思考，还是一种青春的感伤。我们在青春期的时候，在比较“中二”的时候，其实写诗都会这么死啊活啊的。老师们看了就会很担心，不让我们这么写，觉得这么点小孩，写死啊活啊的不吉利。你看李贺就是小小年纪就写死，结果果然没活过三十岁。其实，我觉得不用担心，因为每个人“中二”的时候都是这样的。年轻时候写死，后来福寿双全的人多着呢。当然他们当了大官以后，或者是抱了孙子以后，一般就把这些“中二”的诗删了。李贺主要是因为活得不长，没来得及删，所以有更多的“中二”诗流传下来。并不是写诗写死的。

为什么“中二”的时候爱写死呢？其实这是一种生命力的表现。人在青春期的时候，会对生死特别关注。为什么《琅琊榜》里，梅长苏死的时候，把一

清　费丹旭《十二金钗图·熙凤踏雪》

帮“中二”少年感动得稀里哗啦的呢？为什么《盗墓笔记》里，张起灵一进到青铜门后面，也有一群“中二”少年感动得稀里哗啦呢？因为它们讨论到了“中二”少年最关心的问题——生死问题。其实《红楼梦》也是，林黛玉的死基本上也是这个效果。

“中二”少年之所以要关注死，恰恰是因为他们刚刚尝到生命的美好，他们其实是不愿意死的，虽然他们离死还很远。与此同时，“中二”少年刚刚走进大人的世界，在各个方面都会感觉到自己的弱小，感觉到被碾压，他们也是害怕自己青春美好的生命会被夺走，才会关注死的问题。而他们在感受到压力的时候，又会想到要逃避，有时候甚至会想，干脆死了算了，就不用承受这样的压力了，这就是弗洛伊德说的死本能。当然他们不会真的去死，所以就把这种死本能寄托在文学作品中的偶像身上。要是自己会写的，当然就会自己去写死亡了。这是一种正常的心理，不是变态的心理。死本能其实还是生命力的体现。“中二”少年爱写死，正是因为他们生命力强。

《葬花吟》也是，虽然写的是“春残花落”，是在想象“红颜老死时”，但是它的整体色调还是明媚的，是充满了生命力的，更多的只是一种青春感伤，有点像初唐歌行的感伤。

到了《秋窗风雨夕》，就有点中唐的感觉了。这时候林黛玉已经生病了，这时候她是真的想到了死亡的问题了。《秋窗风雨夕》的感觉就有点像李贺了，只不过用词比李贺稍微柔媚一点，那种凄凉，那种晦暗，是像的。李贺到后期应该是身体比较不好了，比较真切地感受到死亡了。

后面林黛玉还有一首《桃花行》（第七十回）：

桃花帘外东风软，桃花帘内晨妆懒。
帘外桃花帘内人，人与桃花隔不远。

东风有意揭帘栊，花欲窥人帘不卷。
桃花帘外开仍旧，帘中人比桃花瘦。
花解怜人花也愁，隔帘消息风吹透。
风透湘帘花满庭，庭前春色倍伤情。
闲苔院落门空掩，斜日栏杆人自凭。
凭栏人向东风泣，茜裙偷傍桃花立。
桃花桃叶乱纷纷，花绽新红叶凝碧。
雾裹烟封一万株，烘楼照壁红模糊。
天机烧破鸳鸯锦，春酣欲醒移珊枕。
侍女金盆进水来，香泉影蘸胭脂冷。
胭脂鲜艳何相类，花之颜色人之泪；
若将人泪比桃花，泪自长流花自媚。
泪眼观花泪易干，泪干春尽花憔悴。
憔悴花遮憔悴人，花飞人倦易黄昏。
一声杜宇春归尽，寂寞帘栊空月痕！

这首有点晚唐的感觉，像温李的歌行。在李贺的那种凄美的基础上，又增加了力度的追求。一面写“天机烧破鸳鸯锦”，写特别艳丽的色调。一面又写“烘楼照壁红模糊”这样的语言，不是那么唯美，特别是不怎么柔美，这是在偷偷地向韩愈学习，为的是追求语词的力度。包括写“天机烧破鸳鸯锦”，“烧破”这样的词，也有一种险怪、一种力度在里面。这是曹雪芹快要停笔的时候写的，基本上也可以认为林黛玉的生命快走到尽头了，所以贾宝玉看了，眼泪都下来了。不过这首写得不是太成功，不是太美，王立平先生也没有谱曲，因为音乐性比较差。

生活在别处的女将军

除了林黛玉以外，贾宝玉也有两首歌行。其中一首是《姽婳将军词》（第七十八回）。贾政让他们几个小孩子写林四娘的故事。贾宝玉说，这个题目，“不称近体”，得写歌行。曹雪芹借清客的口称赞他说，拿到一个题目，“必先度其体格宜与不宜，这便是老手妙法。就如裁衣一般，未下剪时，须度其身量”。先考虑体裁合适不合适，这是会写的。我们也是，拿到一个题目，先要考虑适合什么体裁，不能说我编不出来七律了，就改五绝吧，弄得跟黑扇面似的。每个体裁，都有它适合写的东西，这是你写诗之前要考虑的。就像你给一个人做衣服，先看他的身材，合计一下穿什么样式好看，这样就比较专业。当然，前提是你得会好多样式，也就是说，会好多文体，这个要求其实是不低的。从文体的角度去考虑问题，是贵族文学的特点。贾宝玉拿到一个题目，先考虑文体的问题，说明他是个贵族。

那林四娘为什么适合写成歌行呢？因为林四娘自带一个故事，有叙事性，而近体是没有叙事性的，只负责给你提供一个画面，歌行才有叙事性。歌行是以缘情见长的。五律不缘情，是体物的。七律既可以体物也可以缘情，而歌行是专业缘情的。

曹雪芹写贾宝玉写《姽婳将军词》，是贾宝玉一边写，旁边清客一边评论，这就相当于评点。诗词的评点，在明清也是很流行的。包括小说的评点，也是在诗词评点的风气下带起来的。这里写清客评贾宝玉的诗，就跟脂砚斋评《红

清 孙温 《贾宝玉品茶栊翠庵》

楼梦》的效果是一样的。这些清客的评论，就相当于把脂砚斋的评论拉到正文里来了。

这段作为小说，处理可能比较粗糙，但是这一段可以当诗话看，集中反映了曹雪芹对歌行的理解。

姽婳词

恒王好武兼好色，遂教美女习骑射。

秾歌艳舞不成欢，列阵挽戈为自得。

眼前不见尘沙起，将军俏影红灯里。
叱咤时闻口舌香，霜矛雪剑娇难举。
丁香结子芙蓉绦，不系明珠系宝刀。
战罢夜阑心力怯，脂痕粉渍污鲛鮹。
明年流寇走山东，强吞虎豹势如蜂。
王率天兵思剿灭，一战再战不成功。
腥风吹折陇头麦，日照旌旗虎帐空。
青山寂寂水澌澌，正是恒王战死时。
雨淋白骨血染草，月冷黄沙鬼守尸。
纷纷将士只保身，青州眼见皆灰尘，
不期忠义明闺阁，愤起恒王得意人。
恒王得意数谁行，姽婳将军林四娘。
号令秦姬驱赵女，艳李秾桃临战场。
绣鞍有泪春愁重，铁甲无声夜气凉。
胜负自然难预定，誓盟生死报前王。
贼势猖獗不可敌，柳折花残实可伤，
魂依城郭家乡近，马践胭脂骨髓香。
星驰时报入京师，谁家儿女不伤悲！
天子惊慌恨失守，此时文武皆垂首。
何事文武立朝纲，不及闺中林四娘。
我为四娘长太息，歌成余意尚傍徨！

一开头，贾宝玉来了一句，“恒王好武兼好色”。这一句写得太白了，好像是不太学过诗的人凑出来的七个字，所以贾政说“粗鄙”。曹雪芹就借清客的口说："要这样方古，究竟不粗，且看他底下的。"长诗的开头，可以粗一点，白一点，是为后面留地步，这跟他写排律让凤姐说第一句的思想是一样的。

另外，歌行是允许加进来比较白的话的，对这种语言的宽容度比较高。你看歌行的时候，不要看见有一句比较白，就说不好，没水平。但这并不是说没学过诗的人适合写歌行，看贾宝玉后面写的，就有点染很华丽的地方，通篇都

明 文徵明《湘君湘夫人图（局部）》

"粗鄙"的话，那就不行了。

后面第三句，"秾歌艳舞不成欢"，这句说是"古朴老健"。这句为什么比较古呢？因为它有很强的叙述性。说为什么让美女习骑射呢？因为歌舞看腻了。这个情节，是贾宝玉给恒王设定的，原来的故事里没有交代恒王为什么让美女习骑射，这是贾宝玉从人情上推想的。这就叫缘情。不是抒情，写的不是贾宝玉自己的情，是恒王的情。这个情贾宝玉没有经历过，是他猜的。当然，他从哪儿猜的呢？还是从自己的经验里猜的。他自己经历过"秾歌艳舞"的生活，知道"秾歌艳舞"看多了就没劲了，就"不成欢"了，那么想必恒王比自己过着更奢华的生活，那更得不成欢了，所以实在无聊了，才让美女习骑射的，并不是有什么保家卫国的志向。这个推理，也是贾宝玉才会有的。这就是缘情，是一种推理，不是直接写自己的感情，但是从推理中，也能见出自己的性情。

第二绝，贾宝玉就铺叙宫女们习骑射的景象。歌行一样要有物象，而且需要场面描写。贾宝玉写这个景象，"眼前不见尘沙起，将军俏影红灯里。叱咤时闻口舌香，霜矛雪剑娇难举"。其实这个场面他也没见过，而是他想象出来的，这就是浪漫主义的创作。不是非得写神神鬼鬼才是浪漫主义，只要是写你没见过的，靠想象写出来的，都可以叫浪漫主义。浪漫主义的两个很重要的元素，一个是美女，一个是军事，正好在这一首作品里整合起来了。贾宝玉写这个场面的时候，每一句都不脱落"美女"和"军事"这两个元素。写美女是习武中的美女，写习武是美女去习武。把对立的一组矛盾统合起来，是近体诗写作的一个重要思想。

当然，贾宝玉的这个想象，还是基于生活经验的想象。他没见过美女习武，但是见过美女，所以通过自己见过的美女，去想象美女怎么习武。

前两绝都是仄韵，尤其开头是入声韵，比较紧张。第三绝，转平韵了，转的是“萧”韵，比较潇洒。“丁香结子芙蓉绦”，清客说是“绮靡秀媚”，还是很齐梁的感觉。这是承着前面齐梁式的场景描写来的。贾宝玉说：“长歌也须得要些词藻点缀点缀，不然便觉萧索。”歌行里是一定要有这种词藻的，就跟作赋一样。你不能光叙述，光缘情。那这种点缀的功夫，其实还是从齐梁宫体诗那里来的。

但是你不能光铺叙场景，铺叙一绝就差不多了，连着两绝铺陈一个场景，

明 汪中《得趣在人册（其九）》

就太累赘了。所以在这儿贾政赶紧让他煞住。贾宝玉就赶紧一转，“不系明珠系宝刀”。这一句是典型的转。赶紧从脂粉转到武事上。然后下面赶紧换场景，写“夜阑”，然后用“战罢”把前面的武事挽一下。虽然换了一个场面，但还是把女性和武事两边都照顾到了。

下面转韵，同时也要转意，开始写战争场面，一个“明年流寇走山东”，转过来。用了两韵十句写战争场面。“雨淋白骨血染草，月冷黄沙鬼守尸”是一个对仗句。曹雪芹的歌行用对仗句已经很少了，一用，肯定是很郑重地铺陈。“白骨血染草”，五联仄，这也是一个比较拗的声情。

下面再转韵，就转到林四娘了，写林四娘的战斗场面。后面二十句，用七阳韵，一韵到底，一口气写完。中间的铺叙，又用了两组对仗句。一个是“绣鞍有泪春愁重，铁甲无声夜气凉”。一个是“魂依城郭家乡近，马践胭脂骨髓香”。这都是曹雪芹写得很用力的句子。

之前贾环用五律写林四娘，光是体物，纯粹把女性当成物来写，写出来总觉得人物好像木偶一样，太概念化。但是贾宝玉用歌行写林四娘，里面缘情的成分就很强。比如说他揣测林四娘是怎么想的。贾环说林四娘自以为能报答恒王的恩德，但是又怎么能抵抗凶恶的敌人呢？贾宝玉说，林四娘事先也知道自己抵抗不了凶恶的敌人，但是她就是想报答恒王，为恒王献出生命就行了，哪管什么胜负呢？这就比贾环多转了一个弯儿。当然，这也是他从自己的生活经验推出来的，贾宝玉身边愿意用生死报答他的女孩子太多了，起码有林黛玉，还有刚死的晴雯。

贾宝玉想到，林四娘上战场的时候，一方面是将军，一方面也是有女性的心理活动的，也是“任其勇悍，怎似男人？”她也会“绣鞍有泪春愁重”，披着铁甲，也会觉得“夜气凉”，跟在闺房中独宿的感受是一样的。她内心住着的，还是一个失去了爱人的小女人，只不过她想要为爱人复仇而已。这就是

“体贴功夫”，透过表面现象，想象人物那点细微的心理。这种体贴功夫，贾宝玉平时就是很擅长的，现在用到诗里了。我们写歌行的时候，就得把自己当贾宝玉，把要写的人物当成要心疼的姐姐妹妹，去体会他们的心思。

后面贾宝玉还写到，林四娘她们战死的消息传来的时候，“谁家儿女不伤悲!”城里的小儿女们都为他们难过。这也是很细的一笔，这种时候，谁会想到普通群众的感受呢？贾宝玉就能想到这时候小儿女们的一点小心思。这些小儿女们之所以伤悲，不全是因为家国大事，他们看到的是一个女人，为了她的爱人死了，或者算不上爱人，为了一点知遇之恩死了。这些小儿女在情窦初开的年纪，受到了一点触动，觉得伤悲。这就把一个战争事件，解构成了一个爱情事件。在战争的大背景下去推测普通人的一点小心思，这就是缘情的写法。从小说的角度来说，这是贾宝玉的性格特点。从文体学的角度说，这是歌行的文体特点。因为有这一点缘情，不是贾环那种纯客观的描写，就显得感人多了。

歌谣与评弹

贾宝玉的歌行，还有一首《紫菱洲歌》，是迎春出嫁的时候，贾宝玉很伤感，自己在那儿念叨了一首（第七十九回）：

> 池塘一夜秋风冷，吹散芰荷红玉影。
> 蓼花菱叶不胜愁，重露繁霜压纤梗。

不闻永昼敲棋声，燕泥点点污棋枰。
古人惜别怜朋友，况我今当手足情！

好多人没注意到，《紫菱洲歌》也是一首歌行。弄不好好多人把《紫菱洲歌》当成七律了，因为它也是七言八句。但实际上，《紫菱洲歌》是不对仗的，而且还换了一次韵。前四句押仄声韵，后四句押平声韵。换韵的时候，首句要入韵，完全是歌行的规矩。其实这是一首只有两韵的歌行。

这种体，在唐代还是很流行的。好多人故意写这种八句的歌行。完全合格律，规规矩矩，转一次韵。一个平声韵，一个仄声韵。李白有一首《金陵城西楼月下吟》，就是用的这个体。“金陵夜寂凉风发”，一上来，入韵，是仄声韵，这个“发”是入声。接下来，“独上高楼望吴越”。然后，“白云映水摇空城，白露垂珠滴秋月”。这两句虽然不是严格的对仗，但是有点对仗的意思。这是仄韵。然后就转平韵了：“月下沉吟久不归”，换平韵，入韵。“古来相接眼中稀。”最后是大名句：“解道澄江静如练，令人长忆谢玄晖。”八句大体都是合格律的。

贾宝玉这首《紫菱洲歌》的体式，跟李白的《金陵城西楼月下吟》是一模一样的。一上来，“池塘一夜秋风冷，吹散芰荷红玉影”，仄声韵。“蓼花菱叶不胜愁，重露繁霜压纤梗”。也是似对非对。第五句转韵，“不闻永昼敲棋声，燕泥点点污棋枰”，转平声韵。押仄声韵的时候比较激动，押平声韵的时候比较惆怅。两韵形成声情上的对比。“古人惜别怜朋友，况我今当手足情！”李白是怀念谢玄晖，贾宝玉是怀念贾迎春，都是很惆怅的。

这就告诉我们，不能一看是七言八句，就说是七律。人家可能是歌行，而且是歌行的一种固定的体式。

当然，你不能说，我写一首七律，写坏了，格律错了，人家七言八句的歌行是有固定体式的。起码你得转韵，一平一仄。

这种八句的歌行，格式上非常固定，很讲究形式，所以也可以视为一种齐梁格诗。写作的时候，要求词藻特别漂亮。表达的感情，一般都是感伤、惆

清 冷枚 探梅图

怅。《紫菱洲歌》是符合这个要求的。

我们现在说“歌行”，其实严格说来，“歌”和“行”是不同的。“歌”就是歌谣，“行”是一种说唱形式，你可以想象成苏州评弹。“歌”和“行”的区别，就是歌谣和评弹的区别。

比较而言，“歌”的感情更激越一些，跳跃性比较强；“行”的感情相对温柔敦厚一点，叙述性更强。“歌”的语言更质朴一些，更豪放一些；“行”的语言更规整一些，修饰的东西比较多。好比说，“歌”和“行”都是海浪，都是一波一波推着往前走。“歌”是惊涛骇浪，不知道什么时候给你掀起一个高潮；“行”是平静的波浪，比较平稳地，一波一波在那里运动。像林黛玉那三首，还有贾宝玉的《姽婳将军词》，都属于“行”。《紫菱洲歌》题目叫“歌”，其实它的体式，还是比较接近“行”的，因为到曹雪芹这个时代，“歌”和“行”已经不太区分了。

那真正的“歌”长什么样呢？《好了歌》才是“歌”。《好了歌》的画风跟贾宝玉、林黛玉他们写的那些有明显的不同，是一个疯道士走在街上唱的。“世人都晓神仙好，惟有功名忘不了！”俗得不行了，一听就是民间歌谣的语言，这就是歌。“古今将相在何方？荒冢一堆草没了。”很简单的语言，但是意思很深。而且他的站位，是自居贫贱，嘲讽帝王将相，讽喻的意味非常浓。这是“歌”的文体特点。你写“歌”的时候，要想象自己是一个疯道士。

“歌”和“行”统称“歌行”。有很多作品是介乎“歌”和“行”之间的，我们知道是“歌行”就行了。一般情况下，“歌”和“行”也没必要区分。

七律：最时髦的文体

命题作文大赛

《红楼梦》这么多诗歌体裁，要说最引人注目的，那还是七律。我们写诗半会不会的时候写“红楼体”，一般都是模仿《红楼梦》里的七律。《红楼梦》里比赛写诗，都是写七律。

但是，有一个现象不知道你发现没有，《红楼梦》里的七律，没有一首是自主创作的，全都是“命题作文”，都是在各种比赛的场合下写的。

大家聚到一块比赛写诗，这个习惯，中国人一直有。最早是建安时代，曹植、杨修他们，有事没事就聚到一块儿。今天有人进贡个玛瑙碗，咱们就写个玛瑙碗；明天有人进贡个孔雀，咱们就都写孔雀。那时候五言诗才刚起步，所以他们有时候写赋，有时候写诗，写诗也不是写的格律诗。后来六朝的人一直有这个习惯，但是都比较简单，大伙儿聚在一块儿，只要写的是诗，是同一个题目，就算。

齐梁以后，讲声律了，大家聚在一块儿写诗的时候，要求就更高了。还是今天写琵琶，咱们就都写琵琶；明天说写个灯，咱们就都写灯。但是说好了，咱们大家都要讲格律。有时候还有附带的要求，比如今天规定，咱们都写六句，那就都写六句。明天说写十句，咱们就都写十句。

这种聚到一块儿，起哄似的写诗，一般写不出一个诗人一辈子最好的作品来。但是对初学者来说，这样提高水平是很快的。不管是不是比赛，聚到一块儿写诗，其实谁都希望自己写得比别人好一点，所以就会挖空心思去琢磨。琢磨，就会有进步。齐梁时代刚有近体诗，还不成型，就相当于初学者，大家聚到一块写诗，很快就把近体诗的形式定下来了，写作技巧也很快成熟了。可以说，近体诗就是齐梁这帮人比赛写诗比出来的。

清 改琦 《红楼梦图咏·佩凤》

那时候还没有七律，他们在一块写诗写的是五律，而且是还没完全定型的五律，题目一般是咏物，因为咏物诗比较适合比赛。《红楼梦》里聚到一块儿写诗，也都是写咏物诗。所以你就可以想象，那时候梁朝的太子萧纲，带着他弟弟萧绎，还有一帮文臣，在一块儿写宫体诗，那个场景，就跟大观园里的姐姐妹妹在一块儿写诗差不多。他们写诗，也不一定是有个东西放在这儿，大家就开始写，有可能是萧纲说，咱们今天写花吧，大家就都写花。就像大观园里写白海棠，也不是放着一个白海棠在这儿，大家写。就是说有人送了两盆白海棠来，李纨提议说大家就写白海棠吧，然后大家就写白海棠。就像薛宝钗说的，“不过是白海棠，又何必定要见了才作”。白海棠谁还不知道大概什么样呢？就是现在让你现看两眼，你也未见得能看出更多的东西来。薛宝钗说，“若都是等见了才作，如今也没这些诗了”。写诗不比画画，不用写生，你照着写，不见得比想着写能写得好。古人写诗，也都不见得是见了才写的，现在流传下来那么多诗，好多都是想着写的。所以我们写诗也是，你想写什么就去写，不用想我还没见过呢，我是不是应该亲自去一趟，好好观察观察再写。没必要，写好诗不在这个。

所以所谓的“咏物诗”，更多的是咏题诗，我给你一个题目，你就写，不用现场观察。我们老说，某某诗人正好看见了什么，有感而发，写了一首咏物诗。其实他不看见这个东西，也能有感而发。

一直到初唐，这种比赛写诗的风气还很盛。有一个段子说，武则天有一次召集文臣写诗，就跟贾元春召集宝黛钗他们写诗一样。武则天拿出一件锦袍来，说谁写得最好，这个锦袍就给谁。这就是比赛了。但是怎么叫写得好呢？就让上官婉儿出来做裁判，她说谁写得最好就是谁写得最好。据说东方虬早早写好了，上官婉儿拿过来一看，挺好，就把锦袍都给了东方虬。结果宋之问交卷迟了，但是拿上来一看，比东方虬的还好。上官婉儿最后就把锦袍从东方虬那儿要回来了，给了宋之问。这个上官婉儿也是任性得很，她说谁好就谁好，说给谁就给谁，说要回来就要回来。这说明她这个评判是纯粹主观的，没有任何的打分标准，大家也都信任她的权威。这是中国人对诗人世界的一种理想。

传说上官婉儿的妈妈在怀她的时候，梦见一个神人，送给她一杆秤，告诉她，“以此称量天下”。大家对上官婉儿的想象，就是一个“称量天下”的想象。怎么称量天下呢？就是像“夺锦袍”这个故事这样，大家聚在一块儿写诗，然后相信上官婉儿的裁决。

这个时候，大家比赛写诗，还是写五律，只不过五律的体式越来越标准了。后来七律起来了，就跟五律来要地盘了。这种大家聚在一块写诗的场合，写七律的越来越多了。今天看到的中晚唐诗，就有好多七律体的咏物诗，这些咏物诗，就像薛宝钗说的，不一定都是“等见了才作”的，可能有很大一部分是这么聚在一起写的，你说是咏物诗当然没错，但是从功能上说，更多的算酬唱诗，是人际交往的需要，是大家比赛着写的。

被“鄙视”的“红楼体”

酬唱的咏物诗，从五律变成七律，这个变化发生在中唐后期，就是白居易那个时代。很大程度上可以说，就是白居易和元稹搞出来的。这个风气在晚唐又被发扬光大了。从宏观上看，七律跟五律要地盘的时代，也是一个文体结构

清 孙温 《宴海棠贾母赏花妖》

大转变的时代。原来是五律加歌行的时代，现在变成七律加七绝的时代了。这个转变的完成，发生在晚唐后期，也就是李商隐他们的下一代。从那个时代开始，写七律变成了一件很方便的事，写五律写歌行反而成了难事儿了。

七律能取代五律和歌行，因为有它的长处。七律是从歌行变过来的，变的过程中又参考了五律。所以七律就等于是五律跟歌行生的一个孩子，继承了父母双方的优点。“七”是从歌行来的，可以放得开；“律”是从五律来的，又要讲句法，讲修辞。五律是以写客观事物见长的，歌行是以写主观感情见长的，七律就把五律和歌行的活儿都干了，既能写客观事物，又能写主观感情，变化也多，玩法也多，所以受欢迎。有了七律这个好玩意儿以后，五律和歌行就都成老古董了。

但是，光写七律也有弊端，就是你写得顺畅了，就忘了七律是怎么来的了。你光起承转合玩得顺畅，忘了原来的五律怎么写，歌行怎么写了，你也不知道七律的哪些特点是五律的，哪些特点是歌行的了。就好像开惯自动挡的车，不会开手动挡的车了。方便是方便了，但是作为一种技巧，一种艺术，基本功不行了，没有根基了，就显得浮了。

晚唐后期以后，七律成了最时髦的文体，同时也成了不那么高级的文体，只会写七律的人，是让人看不起的。在《红楼梦》里，七律也是一种很普及的文体，谁都可以来写一写。我们今天有人看不起小女生的诗，说是“红楼体”，这个“红楼体”，也主要是学《红楼梦》里的七律，偶尔学学歌行和词，那已经很了不起了，学五律的几乎没有。你要是学真真国女儿的五律，或者学贾宝玉的《姽婳将军词》，写出来绝对没人说你是“红楼体”。因为那帮嘲笑“红楼体”的人，他自己也不认识这是什么。你再稍微加几个散文化的虚字，他就能以为你是古风，连你有格律也看不出来了，然后惊呼，“真是高古啊，真是大气啊”，绝对想不到这也是“红楼体”。但是你写个七律，再押个“门盆魂痕昏”的韵，就是写得再好，也有人瞧不起你，因为他能认出来你这是哪来的。

而且肯定会使劲瞧不起你，因为他也是好不容易认出来这么一回。

在《红楼梦》的时代，小孩子刚开始学写诗，还是硬撑着写五律。但是实际上，这个时代的人，已经是写七律最顺手了。到今天，我教诗词创作的时候干脆就不硬撑了，就让大家上手就写七律了。《红楼梦》里海棠社聚会都是写七律，也是因为人人都会写。至于私下真的有感触要写诗的时候——首先，水平一般的人，是不会因为真有感触而要写诗的，他们只会在社课的时候写一首七律——真像贾宝玉、林黛玉这样的大手，他们才有私下有感触要写诗的需要，这时候，他们往往也不屑于再写七律这种入门级的文体了。当然，七律真写好了是很厉害，那是另一回事了，就算是杜甫、李商隐，他们真写诗的时候，也不会只写七律。

写七律酬唱的时候，一开始就是单纯的咏物，咏个白海棠，咏个红梅花，这是原始的形式。后来写得多了，没意思了，就会加个限定。比如咏菊花没意思了，就加个动词，什么“忆菊”“画菊”之类。清人的诗集里，就有很多这种题目的诗，一般都是七律。所以《红楼梦》里写的，都是当时正流行的玩法。

白海棠诗：社课与自我

《红楼梦》里的第一组七律，是咏白海棠（第三十七回）。白海棠诗是限韵的，限“门盆魂痕昏”，每个人都要用这几个字做韵脚。限韵是从次韵来的。本来是两个人酬唱的一种玩法。比如白居易写了一首诗，元稹答一首，这个叫

"和诗"。如果元稹在和诗的时候，完全用白居易那首的韵脚来写，就叫"用白居易韵"。如果在用韵的时候，还按照白居易那首的顺序来，就叫"次韵"，"次"就是"次序"的意思。后来和诗一般都是次韵了。次韵这个玩法，也是元稹、白居易先玩起来的。

如果不限于两个人玩，而是社课，也可以次韵。比如老师写了一首诗，所有的同学都以老师的韵写一首。实际上也等于大家都用同样的韵脚写了一首。一般来说，是地位略高的人写了诗，地位略低的人来和，表示我是向你学习。如果学生写了一首诗，老师和了一首，那是格外的客气。在海棠诗社里，没有谁的地位特别高，不存在谁写一首诗大家来和的情况，大家要是想用同一个韵脚写诗，只能限韵。就像小说里写的那样，抓几个韵脚来写。

一般来说，写次韵诗的技巧，你拿到韵脚，要先分析一下，这个字好用不好用。好用的字，你就考虑怎么能写得奇，写得跟别人都不一样；不好用的字，你就考虑怎么写得自然，写得好像你用这个字，不是被迫的，是本来就不得不用这个字；尤其是别人这个字都翻车了，都写得别别扭扭的，就你写得很自然，好像是你自然写出来，别人来和一样，那你也是一种成功。

"门盆魂痕昏"这几个字。"盆"算是不好用的，因为盆这个东西太普通了，写不好容易俗，你就得想，我怎么把"盆"这个字用得有诗意。另外几个字都挺好用的，你就得想，我怎么用得出奇，怎么跟别人想得不一样。一般来说，这几个字，你组词的第一选择，是得抛弃不用的。

不同的人咏同一个东西，就要见出每个人的身份来。这个身份，主要就是个性。包括对事物的理解，和处理文字的方式。大家要用的文字是差不多的，就像薛宝钗说的，"不过是白海棠"，写出来无非不是"冰"就是"玉"，这时候就要看，你怎么写这个"冰"，怎么写这个"玉"。

白海棠诗几乎每个人都提到了"玉"，也都提到了"冰"或者"雪"。按照蔡义江先生的解读，“玉”是指林黛玉，“冰”和“雪”是指薛宝钗。这个解释很有意思。不过我今天不讲他们怎么用诗掐架。我要说的是，曹雪芹在白海棠诗里为我们展示了好诗的三种类型。薛宝钗型、林黛玉型和史湘云型。史湘云型是一种豪爽的美；薛宝钗的美，我们不妨说是一种冰雪的美；林黛玉的美，是一种玉石的美。至于贾探春和贾宝玉，在这里头是垫场的。

贾宝玉写道：

秋容浅淡映重门，七节攒成雪满盆。
出浴太真冰作影，捧心西子玉为魂。
晓风不散愁千点，宿雨还添泪一痕。
独倚画栏如有意，清砧怨笛送黄昏。

贾宝玉说得很明显了，“出浴太真冰作影，捧心西子玉为魂”。薛宝钗是杨贵妃的形象，贾宝玉说她是冰；林黛玉是西施的形象，贾宝玉说她是玉。贾宝玉一辈子就纠结这两个人了，“晓风不散愁千点，宿雨还添泪一痕”，这是他自己形象的写照。贾宝玉的理想，就是要薛宝钗的影，加上林黛玉的魂。贾宝玉想过，薛宝钗那个膀子，要是长在林妹妹身上就好了。这个“影”，这个“膀子”，就是物象层面；那一点“魂”，就是诗的灵感，诗的意趣，是灵魂层面。理想的诗，就是物象层面有“冰”的特点，灵魂层面有“玉”的特点。这二者有时候是矛盾的，不能兼得，所以钗黛合一很多时候只是一种理想。

当然也有兼得的，兼得的最好，但是不能兼得，也不能说不好。在物象层面，冰比玉略好，在灵魂层面，玉又比冰略好。

冰什么样，玉又什么样呢？我们从薛宝钗、林黛玉的诗里可以找到具体的解释。我在这里可以说一句，薛宝钗的冰，是一种温柔敦厚的诗学精神；林黛玉的玉，是一种追求新奇和力量感的诗学精神。

贾探春写的是：

斜阳寒草带重门，苔翠盈铺雨后盆。
玉是精神难比洁，雪为肌骨易销魂。
芳心一点娇无力，倩影三更月有痕。
莫谓缟仙能羽化，多情伴我咏黄昏。

说的差不多也是这个意思。“玉是精神难比洁，雪为肌骨易销魂。”玉是“精神”，是诗的那一点精气神；雪是诗的“肌骨”。这跟贾宝玉的观点是一致的。

薛宝钗：冰雪之诗

那么，冰雪一样的诗，是什么样的呢？我们来看薛宝钗的诗：

珍重芳姿昼掩门，自携手瓮灌苔盆。
胭脂洗出秋阶影，冰雪招来露砌魂。
淡极始知花更艳，愁多焉得玉无痕。
欲偿白帝凭清洁，不语婷婷日又昏。

“珍重芳姿昼掩门”，很宅，不见人。不见人不是因为长得丑，我是有“芳姿”的，但正是因为长得太美了，所以我要格外珍重，不能轻易让人看了去。这是大家闺秀才能这么玩，因为她的身份在那里，她玩得起，即使她不出来见人，大家也知道她的存在，也知道她长得很美。要是小家碧玉就不能这么玩了。小家碧玉珍重芳姿，只能让人家都不知道你是谁，那就是东施效颦了。“昼掩门”，连白天也要关着门。白天本来不用关门，但是我宁可关着门，能多遮掩一点，就不露出来。写诗也是这样，之所以你的感情不露出来，之所以写那种让人看不懂的诗，不是因为你的感情贫乏，而是因为你的感情太多了。因为你比别人长出来一点，所以需要挽回去，挽回去以后反而显得比别人短了。这是贵族的诗学。曹植和谢灵运，都是这个路数。

“自携手瓮灌苔盆”，很安静，很随意，但是举手投足间就有大家闺秀的气度。真正的大家闺秀都是很朴素的，因为是大家闺秀，所以朴素得起。“胭脂洗出秋阶影”，因为是白海棠，好像把胭脂都洗掉了一样，把那些颜色都扬弃了，只剩下秋阶前一个影子。大家闺秀是可以素颜的，也不一定永远素颜，但有时候可以素颜。什么人可以素颜呢？保养得好的人才可以素颜。基因好，皮肤好，才可以玩素颜。人家素颜好看，不是因为素颜，是因为人家就是好看，你没有人家那个底子，还学人家素颜，这也是东施效颦。写诗也是这样，有的诗可以扬弃那些修饰，然后写得很好，不是因为不要修饰就可以写得好，而是因为人家就是写得好。“冰雪招来露砌魂”，虽然不要胭脂，但是人家是有“魂”的。你不要看人家没有“作天作地洒狗血”就说人家没有感情。萧子显说谢灵运“酷不入情”，谢灵运的诗里很少写情语的，他就写这个山上有什么有什么，我爷爷给我留下这个别墅里有什么有什么，写完就完了，不说什么深情的话，好像对这个人类社会特别冷漠一样。其实他这个冷漠里，有特别深的情。其实他对刘家皇帝的怨气很深，但是因为怨气太深了，所以还是不说了吧，就说这山上有什么有什么；其实他对祖父的感情很深，但是这个感情太深

清 孙温 《荣国府宝钗做生辰 听曲文宝玉悟禅机》

了，所以也就不说出来了，就说我们家有什么有什么。你看他的诗，可能不能体会到他的感情，但是这不说明他没有感情。这就是贵族写诗的方式。

“淡极始知花更艳”，这种花，就是以淡为艳的，她不是不艳，她的淡就是她的艳。这句我们经常拿来形容薛宝钗本人。形容薛宝钗还有一句诗，“任是无情也动人”。薛宝钗的无情，跟谢灵运的无情是一样的。薛宝钗无情，是说她不会像林黛玉那样，为贾宝玉去哭，为贾宝玉去死，薛宝钗是不会哭的，她如果不能跟贾宝玉结婚，就会找另一个差不多的人去结婚，也可以过得很好。但是人类的感情她是有的。薛宝钗也是个很有意思的人，她也有一个贵族的复杂灵魂，她也知道待人接物的艺术，也会开玩笑，也会对人好。如果她跟贾宝玉结婚，也会过得很好。你生活中如果有这么一个人，就算不跟他谈恋爱，也会为他的人格魅力所折服，这也挺好。你不可能要求你周围的每个人都一会儿为你哭，一会儿为你死，要真那样也挺可怕的，只要你身边有很有意思的人，那就很好了。

薛宝钗的这种无情，不是真的无情。真的无情，是到了年龄，你妈让你相亲，你就去了，看见一个窝窝囊囊的大叔，一点也打不起精神来，但是你妈让你结婚，你就结了，结婚以后你一点也不盼望见到你丈夫，就是觉得如果没个伴儿，出去在亲戚面前很没面子，所以勉强扮演一个已婚妇女的角色，这个叫无情。薛宝钗对贾宝玉的无情，不是这种无情，而是她这个人就是这样的，“多情却似总无情”。薛宝钗可能不是非得嫁给贾宝玉不可，但是她心里有很深的情，她对贵族文化范围内的人类有很深的情，当然也包括对贾宝玉有很深的情，这是薛宝钗这种人的多情之处。因为情太深了，反而没有执念了。因为她没有执念，反而知道她用情之深。这才叫“淡极始知花更艳”。无情的诗不一定不好，因为有的无情是很深的情。像薛宝钗这样的无情，就是好诗。像相亲的那种无情，才是不好的诗。这两种无情，不要弄混了。

那么，为什么要有这种无情的好诗呢？因为“愁多焉得玉无痕”。如果不是冰雪一样的诗，而是玉一样的诗，写不好就可能会有一种弊病，会有痕，会不浑成。玉一样的诗，是要把情露出来的，特别是要把愁露出来的，拿捏得不好，就会着相，就会筋骨太露。愁得多了，连玉石也会留下伤痕呢。你整天追求新奇，一个失手，可能就会留下不怎么唯美的诗。我们有个词，叫“美玉微瑕”，说的就是这种。玉是比冰雪硬，但是玉可能会有瑕疵，可能会掺着石头。中唐以后有一些不怎么好的诗，就是玉里面掺的石头。求新奇求得太过了，反而成了不好的诗。这就是“奇过则凡”。这个病怎么治呢？就得去学冰雪一样的诗，去学谢灵运以上的诗。

“欲偿白帝凭清洁”，这种诗的好处，就是“清洁”，没有瑕疵，没有病累，没有乱七八糟的搞怪，没有言不由衷的修饰，就是本色的诗，原味的诗。“不语婷婷日又昏”，这一体的特点就是“不语”。情太厚了，反而不说出来了，不说出来，也就不会有伤痕，这就是浑厚的诗。从汉魏到盛唐，可以说诗歌的主流追求就是这样的。

清 冷枚《月曼清游图册·碧池采莲》

林黛玉：玉石之诗

那像玉石一样的诗又是什么样呢？我们来看林黛玉的诗：

半卷湘帘半掩门，碾冰为土玉为盆。
偷来梨蕊三分白，借得梅花一缕魂。
月窟仙人缝缟袂，秋闺怨女拭啼痕。
娇羞默默同谁诉，倦倚西风夜已昏。

林黛玉是“半卷湘帘半掩门”。她不是不掩门，也要有含蓄，但是她不像薛宝钗那样完全“昼掩门”，她会把帘子卷起来一半，把自己的感情暗示给人看。

“碾冰为土玉为盆。”这句写得特别用力。把那么干净的“冰”，跟那么卑微的“土”联系在一起，这得需要多么强大的想象力。更别说这个“碾”字，非常有力度。玉石一样的诗，就是追求力度的。我不是为了把我自己暴露给你看，然后去追求力度；而是为了追求力度，有时候甚至不惜把我自己暴露给你看。其实除了自我暴露，我还有很多追求力度的方法。

玉石除了洁白，还很硬。而且，玉不那么冷，玉有一种像肌肤一样的质感，戴得时间长了，会带上体温，所以我们有“人养玉，玉养人”的说法。玉石一样的诗，跟“酷不入情”正好相反，它就是要你把自己的体温带进去。

蔡义江先生说“碾冰为土”，这句话对薛宝钗不太友好。其实也不排除林黛玉这个人，她就是想赢，冲口说出来的话，忘了忌讳。不过这种“玉为盆”的诗，确实有“碾冰为土”的倾向。那种正统的诗，我觉得太土了，过时了。

明 孙克弘《玉堂兰石图》

好是很好，但是写太多了，我现在可以批量使唤它们，把冰雪的时代创造出来的诗借过来当梗，不再那么供着了。

玉石一样的诗，是要追求新颖的。“碾冰为土”就很典型。所以林黛玉这句一出来，大家都狂叫好。薛宝钗那种诗，写出来大家是赞叹的；林黛玉这种诗，是要大家叫好的。

“碾冰为土”还含着一层意思，就是把很常见的物象借过来，自己重新安排，弄出很新奇的东西来。用自然就有的元素，再造出一个你的自然来。这个在诗学里叫“作用”。林黛玉这首诗，就很见出作用之功。

颔联就是铺开来写“作用”。“偷来梨蕊三分白，借得梅花一缕魂。”“偷来”“借得”，这样的虚字开头，比较巧，比较熟练，但是写不好容易飘。这两句写的也是诗的作法，好的诗都是偷来的，是借得的。从梨花那儿偷一点白，从梅花那儿借一点魂，最后融会成你自己——白海棠。写诗要会借景，要会拼梗，要会牵强附会。做学问不能牵强附会，但是写诗可以，牵强附会往往是诗情所在。

颈联是展现这个“碾”的力度。“月窟仙人缝缟袂，秋闺怨女拭啼痕。”这就见出林黛玉虚敲旁比的特点了。她就要写一个白海棠白得像缟，就要扯出一个月窟仙人来。要写海棠花星星点点像擦干的泪痕，就要陪出一个秋闺怨女来。另外，就是这两句特别丧。林黛玉是真的“临文不讳”，她说话没有个忌讳的。只要写得新奇，随随便便就把死亡意象扯出来了。为什么有的诗人爱写死呢？因为他在求新。写死亡，还是追求力度的结果。最典型的就是李贺。

“娇羞默默同谁诉”，她虽然也娇羞，但是她是要“诉”的，不像薛宝钗，是“不语”。林黛玉是才子的性格，她是要表现自己的，她写这首诗，也是“一挥而就”，她是必须要“展才”的。“倦倚西风夜已昏”，太追求力度了，现在累了，还是死亡意象。

林黛玉这种追求力度的体，就像玉石，硬，有体温，但是会有瑕疵。中晚唐的时候，这是比较主流的追求。李纨说林黛玉这首诗，好在“风流别致”，但是不如薛宝钗那首“含蓄浑厚”，说得是很准确的。

李纨把薛宝钗那首取到第一，贾宝玉说还得再斟酌，意思是应该把林黛玉取到第一。当然这是因为贾宝玉爱林黛玉。但是这里也是一个各花入各眼的问题。李纨是有修养的人，岁数也稍微大一点，就会喜欢薛宝钗这种；贾宝玉是风流少年，年纪比较轻，就更容易喜欢林黛玉那种。其实这两首不相伯仲，就像很难说薛宝钗好还是林黛玉好一样。

史湘云：第三种诗

除了薛宝钗、林黛玉这两体，还有一体，就是史湘云的那种。那一体更没法跟薛宝钗、林黛玉论高下了，所以曹雪芹干脆安排咏白海棠那天史湘云不在，是补交的作业，其实是曹雪芹没法论了，总不能弄三个第一。史湘云那一体，是以放达见长的，语调比较奔放，看事情比较放得开，而且爱议论，爱讲人生经验，这个相当于白体，从白居易开始，在晚唐也挺流行的，后来到苏东坡达到顶峰。一般来说，白体不好，但是真写到苏东坡那个境界，那也是最好的。

史湘云的第一首诗是：

神仙昨日降都门，种得蓝田玉一盆。
自是霜娥偏爱冷，非关倩女亦离魂。

秋阴捧出何方雪，雨渍添来隔宿痕。

却喜诗人吟不倦，岂令寂寞度朝昏。

史湘云押韵的思路跟薛宝钗和林黛玉都不同，她好像没太把“门”和“盆”放在眼里。“神仙昨日降都门，种得蓝田玉一盆。”重点在前面的“神仙”和“蓝田玉”上，韵脚的“门”和“盆”，都放得比较轻。你次人家的韵，特别是好多人次过的韵，就得另辟蹊径。越是像“门”和“盆”这种比较实在的字，越得想办法写得虚一点。

史湘云这首诗，跟她本人的形象一样，是天外飞仙的架势。“神仙昨日降都门”，从天外飞来一笔，其实降到哪无所谓，重点是神仙，“门”就是点一点。史湘云自己也是个天外飞仙，刚从史家过来，人家都比赛完了她才空降过来。“种得蓝田玉一盆”，强调“种玉”这个典故，“盆”的意思也很虚。这两句是一句，神仙是种玉的主语。两句能连贯成一句说，就显得很熟练，苏东坡也爱这么玩。

颔联一般是缘情的、放达的这一体，缘情尤其突出，在这儿总爱跟你掰扯点道理。“自是霜娥偏爱冷”，白海棠之所以白，不是遭遇了什么不幸，也不是故意洗白的，而是人家天性就白，就像嫦娥独居在月亮上不是一种不幸，而是人家天性就爱冷。这是讲道理，但不是正常人的逻辑，是诗的逻辑。用诗讲道理，讲好了也是很有诗味的，但是你讲的必须是诗的道理，不是正常的道理。“非关倩女亦离魂”，她解释说，海棠虽然不是倩女，但是也会离魂，海棠变成白的，就是离魂的缘故，这也是诗的逻辑。史湘云押韵的思路又不一样。她不是去写“魂”是什么魂，而是从“离魂”上去落想。我们次韵的时候也要这样，思路发散一点。

颔联讲道理了，颈联就必须体物了。但是放达的诗人，即使是体物的时

清 孙温 《姊妹走访稻香老农》

候，语调也是比较流动的。“秋阴捧出何方雪”，这才秋天，哪来的雪呢？如果让你用七个字表达这个意思，你会怎么写呢？安排得这么自然，还把这个“雪”的形象突出出来了。放达这一体，不以体物见长，但是以句法的流动见长。“雨渍添来隔宿痕”，隔夜的雨痕，想得也多拐了一个弯。其实她押这个韵的构思，是想写“雨痕”对“秋雪”，但是她多拐了一个弯，把“秋”和“雨”放到第一个字去了，中间再填别的内容。我们写次韵诗，也要学这样的思路。

“却喜诗人吟不倦，岂令寂寞度朝昏。”海棠花朝朝暮暮是不会寂寞的，因为有诗人陪着她呢，怎么写都写不厌。这也是苏东坡的调子，比较放达，比较乐观，而且喜欢写日常的景象。这一体用情就不那么深，不像林黛玉深到哭出来，也不像薛宝钗深到收回去。当然，放达也是一种深情，跟搭伙过日子的那种无情还是不一样，所以是第三种好诗。

史湘云还有第二首海棠诗，也是放达这一体的：

蘅芷阶通萝薜门，也宜墙角也宜盆。
花因喜洁难寻偶，人为悲秋易断魂。
玉烛滴干风里泪，晶帘隔破月中痕。
幽情欲向嫦娥诉，无奈虚廊夜色昏。

“蘅芷阶通萝薜门”，这句比较铺陈。“也宜墙角也宜盆”，这句比较值钱，充分体现了放达的精神，这句很像苏东坡。这一句是史湘云的写照，也是放达这一体的写照。放达这一体就爱写这种，你把我放哪儿都行，放哪儿我都有得说，我都开出我的花儿来。这首诗也是第一句和第二句连起来读的，意思是从蘅芷阶到萝薜门，你把我放哪儿都行，放墙角也行，放盆儿里也行。

颔联，还是缘情，还是讲道理。“花因喜洁难寻偶”，这是她讲的道理。花太干净了，太美好了，精神追求太高了，就不容易找到跟她一样的了，也就是说，不好找对象了。但是你该喜洁还是喜洁，喜洁是个好事，难寻偶就难寻偶了，这是一种赞美，不是一种批评。在这儿她是给你讲一个跟一般的期待相反的道理。一般的期待是，你越美好，越好找对象，她就告诉你，其实越是美好的，越不好找对象，这就跟一般的期待相反。跟期待相反的，才值得在诗里说，你要是没有这种发现，就不用写诗了。

对句，“人为悲秋易断魂”，不算是特别惊人，但也是跟你讲道理。这两句隐隐地含有对宝钗体和黛玉体的批评。“花因喜洁难寻偶”，是说宝钗体的。宝钗体是宅，是求干净，能少说一句就不多说一句，宁可让你不理解我，我不愿意写出有病累的句子来。这就叫“喜洁”。但是“喜洁”就带来一个问题，你太怕写出不好的诗，产量就低了，这就是“难寻偶”。如果初学者就“喜洁”，可能最后你就缩手缩脚不写了。“人为悲秋易断魂”，这是说黛玉体的，跟薛宝钗那句“愁多焉得玉无痕”差不多是一个意思，你把情都写出来，难免就有病

清　费丹旭《十二金钗图·人物》

累，甚至写得太过了。史湘云对这两体都有批评。她一方面敢写，一方面又不愿意把情写得特别重，所以就形成了放达的风貌。所以为什么白体老有人骂，还老有人写，甚至有苏东坡这样的大手来写，就是因为白体没有这两个毛病。

颈联是体物。“玉烛滴干风里泪”，很奇特的一个比喻，白蜡烛烧完了，剩下的那一堆残蜡，白海棠就像那个一样。这个形象在现实中不一定美，但是这个想象很奇特，史湘云写得也很唯美。这个其实也是在解释，如果你扬弃了“人为悲秋易断魂”，接下来还能写什么呢？你要写成“玉烛滴干风里泪”。不是不流泪，但是这个泪已经流干了，把眼泪流干以后，剩下的要说的，才是你的诗。“晶帘隔破月中痕。”古时候没有玻璃窗，就想象水晶帘这样的东西，传说用水晶做帘子，外面看里面看不见，里面看外面看得清清楚楚，跟我们今天的特种玻璃一样，特别适合在闺房用。但是水晶帘有一个特点，就是透过水晶帘看出去，看白色的东西看不清楚。所以看月亮是看不清楚的。但是月亮也不是纯白的，月亮上是有影子的，是有“月中痕”存在的。因为有这一点“月中痕”，所以月亮才不是完全看不见，而是能看见一点破碎的、模糊的影子，当然这都是想象啦，史湘云说这个白海棠，就像是从水晶帘看出去看见的月亮影子。白得几乎透明了，都快看不见了，就靠花瓣的边缘，或者花瓣中间的花蕊，有一点淡淡的影子，就像月亮上的斑痕一样，靠这一点影子，才看到这个花的存在。这个可以认为是在解释，如果你扬弃了“花因喜洁难寻偶”，你怎么写诗。就是你把那些太干净的，大家都习惯的、熟视无睹的意象，都扬弃掉，让它变成透明的。反而中间的那一点影子，那些不那么纯粹的东西，你把它留下来，展示给人看，去暗示那些纯净的东西，这就能克服“水太清则无鱼”的缺点。

尾联，“幽情欲向嫦娥诉”。薛宝钗是“不语”的，因为她是“昼掩门”，什么都藏起来；林黛玉是有话想说，但是又“娇羞”，因为她是“半卷湘帘半掩门”，要表达一点，但是又不是放达地表达。史湘云是放达的，她是天外飞仙，她是“也宜墙角也宜盆”，好像男子汉大丈夫一样，头不梳脸不洗就出门见人了，所以她直接说“欲向嫦娥诉”，我要找天上的嫦娥跟我说话。当然，说是说不成的，“无奈虚廊夜色昏”。要不是我在廊子下面，被遮得光线昏暗，看不见月亮，我本来是能跟嫦娥说上话的。这是很大胆的想象。“虚廊夜色昏”这个意象，也是从苏东坡的海棠诗来的，苏东坡写“香雾空蒙月转廊”，也是这么个意象。

史湘云的诗，不像薛宝钗那么含蓄，但也不像林黛玉那么用力，她是以放达取胜，以人格魅力取胜。

人淡如菊：男装的薛宝钗

接下来，我们说菊花诗（第三十八回）。菊花诗制题，是以“菊”为实字，上面再加一个虚字。这种玩法，在曹雪芹生活的时代是很流行的。

菊花诗的规则是“不许带出闺阁字样来”。这是为什么呢？是不是歧视女性，觉得闺阁字样不好呢？显然曹雪芹不是这样的人。一群女孩子写诗，不许带出闺阁字样来，我理解，这其实是在玩“白战体”。

最经典的“白战体”，是有一回欧阳修召集苏东坡他们写诗，要求不能体物，不能具体描写事物。也就是说，我们这次写诗，规定不许写什么，所以“白战体”也叫“禁体”，是有禁令的。不许你写什么，就相当于打仗的时候规定你不允许用什么武器，要上去跟敌人肉搏。所以苏东坡管这个叫“白战体”。

为什么要有“白战体”呢？其实就是把你写诗最顺手的路子禁了。写这个题目，体物是最方便的，我就禁体物；用典是最方便的，我就禁用典。大观园女儿写诗，用闺阁字样是最方便的，所以就禁闺阁字样。为什么要禁最顺手的路子呢？因为顺手的路子容易落入俗套。“白战体”看起来是刁难你一下，其实还是为了避免你落入俗套。

我们写诗也是这样，有时候写得手熟了，就得为难自己一下。你是女生，就是要故意不用女生的套路写诗，写那些男性也可以做的事，写看不出性别的事。你是现代人，写现代事物，诗里面就不要再带现代的名词术语了，越是写现代的事物，越是要写出来让古人能看得懂。比如你要写个电视剧，写个流行歌曲，就不要带剧里面、歌里面的标志性字样，要写得好像你自己造出了一个境界一样。这些，其实也都可以算“白战体”，也都是为了避俗套。

所以你不要以为，我们是现代人，写诗就要带出现代的字样来才好；我们是女人，写诗就要带出女人的字样来才好。这些字样可以带，也可以不带，因为这不是诗的本身。我们写诗又不是为了让古人可怜我们是现代人，让男人可怜我们是女人，然后说我们一声好。你带出你最顺手的字样来，反而很容易落入俗套。我现在做诗词大赛的评委，拿一首诗看是现代字样，拿一首诗看是现代字样，其实是千篇一律，真的很烦，所以打的分肯定不会高。你以为你写得很新颖，其实汇集到我这儿来，多数人都是这样的。这就是钟嵘说的，“独观谓为警策，众睹终沦平钝”。所以我的建议是，如果要写现代的题材，一定要写得让古人看得懂；如果要写女性的题材，一定要写成男人扮女人。菊花诗说不能带出闺阁字样来，大概也是出于这样的考虑。

菊花诗说不许带出闺阁字样来，其实也是给了大观园各位诗人一个机会，展现自己男性的人格，或者无性别的人格。用我们今天的话说，就是给大家看“性转版”。当然，性转了之后，除了性别不一样，其他特点还是得一样。每个人的特点不一样，男性人格也表现在不同的方面。

薛宝钗的男性人格，表现在她的诗本来就没有很强的性别特征。薛宝钗的诗，讲究的是温柔敦厚，是清空，不把太多的个人特点带出来。这种温柔敦厚的诗，本来就是男的写也可以，女的写也可以。

第一个题目，《忆菊》，是总起，等于是代表大家向菊花致意，不能有太多的个人性，所以这个题目可以归薛宝钗。薛宝钗写《忆菊》，表现她那种清空的美：

怅望西风抱闷思，蓼红苇白断肠时。
空篱旧圃秋无迹，瘦月清霜梦有知。
念念心随归雁远，寥寥坐听晚砧痴，
谁怜我为黄花病，慰语重阳会有期。

“怅望西风抱闷思”，起手很浑厚，所谓“陈思工于起调”。这也是给十二首诗开了一个头。颔联，“空篱旧圃秋无迹”，这是薛宝钗的写照，她就是要达到“无迹”的境界，写一个“空”字。“瘦月清霜梦有知。”薛宝钗要写一个“清”字。当然，清空不是彻底的空，还是有灵魂的，还是“梦有知”的。“念念心随归雁远，寥寥坐听晚砧痴。”天上的大雁飞走了，剩下一片干净的天空，她一个人寂寥地坐在那里，看着这片天空，心好像也随着大雁飞走了。但是从外在动作来看，她没什么动作，就是安静地坐着，听着傍晚的砧声。这也符合薛宝钗的性格。“谁怜我为黄花病”，其实我追忆菊花，想念菊花，已经为它生病了啊，可谁知道呢？因为薛宝钗是“不语”的。“慰语重阳会有期”，安慰说，再到重阳节，又能跟菊花见面了啊。薛宝钗总是安慰人的那个，她可以打起精神来安慰人，不是因为她无情，而是因为她节制了情感。

薛宝钗还分了一个《画菊》的题目。薛宝钗这种节制感情的诗人，其实擅长体物。《画菊》就是最接近体物的题目，把菊花照着样儿画下来，比体物还

清 费丹旭《十二金钗图·宝钗捕蝶》

体物。像谢灵运这种“酷不入情”的人，就有人说他不是诗人，是画家；不是写山水，是画山水。

诗余戏笔不知狂，岂是丹青费较量。
聚叶泼成千点墨，攒花染出几痕霜。
淡浓神会风前影，跳脱秋生腕底香。
莫认东篱闲采掇，粘屏聊以慰重阳。

薛宝钗说画菊是“诗余戏笔”，这也跟她的创作态度是一致的，她写诗也是干正事之余的“戏笔”，没想当专业诗人。所以她也不想在“丹青”上“费较量”。颔联写作画的过程，随便一画。颈联写画出来的效果。尾联写“莫认东篱闲采掇”，画上的菊花是画出来的，不是自然长出来的，就像薛宝钗的为人为诗，是一种人工的美，节制的美，不是自然的美。画出来菊花，“聊以慰重阳”。姑且拿画的菊花应个景吧。为什么拿画的菊花应景，因为她没有出去到大自然中，看真正的菊花。为什么没有出去呢？因为她“昼掩门”，她宅。她对自然的菊花没有向往，画一个菊花看看，也好。

菊花诗不是薛宝钗擅长的，菊花诗更适合林黛玉的风流别致，不适合薛宝钗的含蓄蕴藉。白海棠适合薛宝钗，因为海棠的美，是传统的美。而菊花的美，是另类的美。菊花的地位是后来才抬起来的。菊花真正成为风雅的花，是中晚唐的时候了。菊花的气韵，正好适合林黛玉这种中晚唐的风格。所以海棠诗薛宝钗拿第一，菊花诗林黛玉拿第一。菊花诗不能温柔敦厚，让薛宝钗来写菊花，她只能写个清空，但是菊花光有清空是不够的，一定要别致。薛宝钗别致是别致不来的。所以在菊花诗这儿，薛宝钗也成了垫场戏。

生反了的兄妹：贾宝玉与贾探春

我们再看贾宝玉的菊花诗。

贾宝玉的男性人格，表现在他真的是一个男性，贾宝玉在这儿没有性转，算是本色出镜。他平常是把自己当成女孩儿来要求的，反而不是本色。说菊花诗不许带出闺阁字样来，居然是贾探春提醒贾宝玉的，意思是这里面最有可能带出闺阁字样的就是贾宝玉，说得好像她们都是男的，就贾宝玉是女的一样。这也是曹雪芹的幽默。

贾宝玉的男性气质，主要是体现在他照顾别人上。在大观园的世界观里，男人是应该照顾女人的，就像人是应该照顾花的，贾宝玉就很会照顾人。贾宝玉写《访菊》《种菊》，重点也是他照顾菊花。

《访菊》写得很潇洒，很有魏晋风骨：

闲趁霜晴试一游，酒杯药盏莫淹留。
霜前月下谁家种，槛外篱边何处秋。
蜡屐远来情得得，冷吟不尽兴悠悠。
黄花若解怜诗客，休负今朝挂杖头。

"闲趁霜晴试一游"，很畅快。"酒杯药盏莫淹留"，酒杯药盏，其实是魏晋

清 孙温 《痴公子杜撰芙蓉诔》

名士的日常。“霜前月下谁家种，槛外篱边何处秋”，点“访”字，写得也比较快。颈联写自己“访菊”的情态，“蜡屐”，这也是魏晋名士的行为；“冷吟”，当然也是诗人的行为。尾联说，菊花你得知恩图报啊，我为了访你，出来一趟很不容易的。把菊花当成了一个朋友。“挂杖头”，就是在手杖上挂上酒钱，走到哪喝到哪，这也是魏晋名士做过的事。贾宝玉把“访菊”这个行为又高雅化了，说我出来访菊，是跟魏晋名士一样，走一路喝一路的。曹雪芹本人就是个"魏晋粉"，他字“梦阮”，做梦都想梦见阮籍。包括“挂杖头”这个典故的出处，这件事就是一个姓阮的干的，叫阮修，是阮籍的侄子。贾宝玉这首诗，就是把自己当成魏晋名士来写的。

《种菊》，就写怎么种，这种力气活还是得男生干，哪怕是个贾宝玉，也是他干：

携锄秋圃自移来，篱畔庭前故故栽。
昨夜不期经雨活，今朝犹喜带霜开。
冷吟秋色诗千首，醉酹寒香酒一杯。
泉溉泥封勤护惜，好知井径绝尘埃。

首联交代这是种菊花。颔联写种活了。颈联写种活了我就庆祝一下，喝酒写诗。尾联说我要好好爱惜，就像贾宝玉平常爱惜女孩儿一样。怎么爱惜呢？我和菊花生活在这个隐居的园子里，像陶渊明《归去来兮辞》里写的那样，我也学古人，只开三条小路，只和最高尚的人来往，远离世俗的尘埃。贾宝玉说他见了女儿便觉清爽，其实他还是追求一个“清”的境界，这是魏晋以来的老传统。他要远离那些须眉浊物，主要还不是为了远离男人，而是为了远离“浊”。贾宝玉说那些人“浊臭逼人”，就像我们今天说“油腻男”，这不是性别歧视，而是对“油腻”的歧视。

提醒贾宝玉别带闺阁字样的，是贾探春。这兄妹俩是生反了。贾宝玉天生是男的，想做女的；贾探春天生是女的，想做男的。贾探春的男性人格，体现在她真的想做男人。贾探春之所以真的想做男人，是因为她在大观园的姑娘里，相对处于弱势，因为她是庶出的。最养尊处优的女人，有父母宠着，有爱人宠着，是不会想做男人的。想做男人的，往往是贾探春这种相对弱势的女孩子。

因为贾探春是相对弱势的，所以她在想做男人的时候，就难免带上一点刻意的味道。包括她要标榜自己是正经主子，也是有一点刻意的味道。刻意是不贵族的，因为往往是贾探春这种边缘的贵族才需要刻意。贾探春的男性人格，也带有刻意的表现，她是刻意表现自己是男人，一定要写典型的男性行为。

贾探春的题目是《簪菊》。她选了这个题目，是因为《簪菊》没人选。为什么没人选呢？因为《簪菊》不好写。本来“簪菊”是很顺手的，但是我们这次规定了不能带闺阁字样，而“簪”本来就是闺阁字样，所以“簪菊”反而不好写了。

我们来看探春的《簪菊》：

瓶供篱栽日日忙，折来休认镜中妆。
长安公子因花癖，彭泽先生是酒狂。
短鬓冷沾三径露，葛巾香染九秋霜。
高情不入时人眼，拍手凭他笑路旁。

贾探春在《簪菊》里，特别着急地辩白，我是男人，不是女人，反复论证，

清 孙温 《众姊妹进住大观园》

虽然我戴了花，但是我是男人戴花，不是女人戴花。这就是贾探春的刻意。

她说我“折来休认镜中妆”，我摘一朵菊花来戴，你可别当成是女人对镜梳妆啊。我一个男人，为什么要戴花呢？“长安公子因花癖，彭泽先生是酒狂。”自古以来，男的戴菊花的多着呢。杜牧也戴，陶渊明也戴。有风流少年因为怪癖戴花的，有高人隐士喝多了犯狂戴花的。这都是典型的男性行为。这是贾探春在圆这个题目的谎，解释为什么“簪菊”的是男性。也只有贾探春，才会急于做这样的辩白。

颔联是缘情，是给你讲道理，男人为什么要戴花。颈联就是体物，写男人戴花什么样。“短鬓冷沾三径露”，虽然是戴花，但这不是个长发美女，是“短鬓”，是一个发际线很高的男性知识分子。这个花也不是脂粉气的花，是从陶渊明的花园里采来的，冷冷的露水打湿了高高的发际线。“葛巾香染九秋霜”，他头上是带着葛质的头巾的，就是陶渊明那个头巾，是跟菊花一块戴的。菊花把秋霜带到了葛巾上。这也是写典型的男性形象。

“高情不入时人眼”，我一个男人戴花，你觉得怪吧？怪就对了，我们高人的做派，怎么能入你们俗人的眼呢？“拍手凭他笑路旁”，由着你们这帮俗人，拍着手在路边笑我吧。一个喝醉了的疯疯癫癫的人，戴着菊花在大街上走，旁边一帮俗人追着笑话他。这件事也只有男人做才风雅，女人做就不好看了。贾探春始终在强调这个男性身份，写只有男人能做，女人不能做的事。甚至不惜去写很粗豪的、不怎么好看的男人，这也说明贾探春很着急证明自己是男人。

贾探春还写了一首《残菊》，是最后一首，相当于给十二首菊花诗做一个总结，写菊花凋零后的凄凉：

> 露凝霜重渐倾欹，宴赏才过小雪时。
> 蒂有余香金淡泊，枝无全叶翠离披。
> 半床落月蛩声病，万里寒云雁阵迟。
> 明岁秋风知再会，暂时分手莫相思。

这也是个垫场诗。最后写到“暂时分手莫相思”，可能也是暗示她要远嫁。

疏阔公子：男装的史湘云

史湘云和林黛玉两位大手，各写了三首菊花诗。我们先说史湘云的。

史湘云的男性人格，很好说，就是体现为她的豪迈。她不用像贾探春那样刻意穿老博士的行头，史湘云就是再穿裙子，也一看就是个放达之士。当然，史湘云穿男装也挺好看的，像个风流公子。

史湘云写《对菊》，就是个风流名士的形象：

别圃移来贵比金，一丛浅淡一丛深。
萧疏篱畔科头坐，清冷香中抱膝吟。
数去更无君傲世，看来惟有我知音。
秋光荏苒休辜负，相对原宜惜寸阴。

“萧疏篱畔科头坐”，“科头”，就是男的不带头巾，披头散发的，女的本来就不戴头巾，无所谓“科头”的问题。这是一个典型的男性形象。诗人在诗里写自己什么形象，你不要当真。她写自己科头，不需要真的“科头”，别说是女诗人，男诗人写自己科头，也不见得真要披头散发。“清冷香中抱膝吟”，“抱膝”，也是一个男性的动作。但是不要当真，她也不用真抱膝。你看微博也是，不要看人家微博里写自己有很爷们儿的举动，你就当人家是男的，人家很可能是个小公主的。

“数去更无君傲世，算来唯有我知音。”“傲世”“知音”，这都是男性的话语，当然女性也可以傲世，也可以是知音，但是你要非给这个表达划分个性别的话，那一般倾向于划分成男的。这就是史湘云男性化的度，写的是男性女性都可以做的事，只不过故意用男性化的表达。

尾联“相对原宜惜寸阴”，点题，是个套话。

史湘云的《供菊》也体现这个特点：

弹琴酌酒喜堪俦，几案婷婷点缀幽。
隔座香分三径露，抛书人对一枝秋。
霜清纸帐来新梦，圃冷斜阳忆旧游。
傲世也因同气味，春风桃李未淹留。

这些事也不是非得男的才能做，但是比较有男性气质，这么写，是故意让人误会她是男的。

比如弹琴、酌酒，女的也可以，但是一说弹琴酌酒，大家倾向于想到男性形象。院子里开着三径，和好朋友来往；在屋里看书，看累了把书一扔，看菊花。这都是女人也可以做的事，但更像是男人做的事，或者说，是男人和女人共同的，完全没有性别元素的事，而且是有文化的事。在男性教育水平比女性高的时代，有文化的事容易被认为是男人的事。包括“霜清纸帐”“圃冷斜阳”这样的描写，很素净，很凄清，是男性化的意象，但不是男性的专利。

史湘云就属于那种，你看她的微博，会以为她是男的。有一天你突然惊讶地发现，你居然是女的，她会反问你，你凭什么认为我是男的呢？你回去翻她的微博，发现没有一条足以证明他是男的，没有一件事是只有男人才可以做的。

尾联，“傲世也因同气味”，又是“傲世”，我跟菊花气性相投，都是傲世，“春风桃李未淹留”，我不喜欢春天的桃李，就喜欢秋天的菊花，因为我们都傲世，我们是知己。史湘云跟贾宝玉也是，“傲世也因同气味”，两个人都是傲

清 费丹旭《十二金钗图·湘云醉卧芍药丛》

世的人，都是放达的名士，所以成为知己，跟性别无关。

史湘云还有一首《菊影》：

秋光叠叠复重重，潜度偷移三径中。
窗隔疏灯描远近，篱筛破月锁玲珑。
寒芳留照魂应驻，霜印传神梦也空。
珍重暗香休踏碎，凭谁醉眼认朦胧。

写菊花的影子，有形象，但是没有色彩，这跟她的诗风也是一致的，以飘逸灵动取胜，不以物象华丽取胜。这首诗的构思，其实跟“晶帘隔破月中痕”是一样的。特别是“篱筛破月锁玲珑”这句，就是“晶帘隔破月中痕”的菊花版。“寒芳留照魂应驻，霜印传神梦也空。”写得也很流动，有迷离的感觉。尾联“珍重暗香休踏碎”，题目是疏影，结果结句出来暗香了，这也很奇。暗香是个很虚的东西，踏碎是个很实的动作，这也是虚实结合，说别把暗香踏碎了，这是诗的思维。“凭谁醉眼认朦胧”，影子就是在醉眼蒙眬中去看的。这个“醉眼”，也是暗示男性气质，但也不是男性独有的。

史湘云的性转，就比贾探春要自然多了。因为她已经自然是放达之士了，就没有必要非得是男性了，更没有必要非得证明自己是男性了。史湘云不像贾探春那样身处劣势，就显得比贾探春放开多了。

千古诗魂：男装的林黛玉

最后我们再看林黛玉的三首菊花诗。林黛玉的是《咏菊》和《问菊》，都是语言活动。还有一个《菊梦》，是灵魂活动。直接写诗写菊，跟菊花说话，梦见菊花，这都是最典型的诗人活动，曹雪芹都给了林黛玉。

林黛玉的男性气质，就在于她是一个诗人。你别看林黛玉身体很弱，其实她是非常有男性气质的，因为她的气质，是真正的诗人气质，是与千百年来的诗人气质直接对接的。诗人气质，是一种提纯了的男性气质，是男性气质中最美好的一部分。曹雪芹欣赏林黛玉，不仅仅是把她作为一个女人来欣赏，而首先是把她作为一个诗人来欣赏。林黛玉感情的那种强烈，超出了我们的文化对一般才女的欣赏，这个人物是应该跟千百年来的诗人站在一起，而不是跟才女站在一起的。

林黛玉的三首菊花诗，都是写诗人的。

"咏菊"这个题目，在这儿不是理解为"咏菊花"，像一般的咏物诗，咏什么什么，就是写什么什么。大观园写菊花诗，是以人为主，以菊花为宾，是要写人和菊花的关系的。《咏菊》这个题目，就是咏"咏菊"，是描写"咏菊"这个行为的。

无赖诗魔昏晓侵，绕篱欹石自沉音。
毫端蕴秀临霜写，口齿噙香对月吟。

满纸自怜题素怨，片言谁解诉秋心。

一从陶令平章后，千古高风说到今。

“无赖诗魔昏晓侵”，诗的灵感像一个无赖的魔鬼，早上晚上地缠着诗人。不是诗人去找诗，是诗来找诗人。一个人是诗人，就好像得了一种病，不知道

明 吕纪 桂菊山禽图

什么时候就会犯病，不知道什么时候就要受到诗思的折磨。这才是诗人的状态，而不是我想起来，我该写一首诗了。

那么，诗人受到诗思的侵扰，是什么表现呢？“绕篱欹石自沉音”，绕着篱笆，靠着石头，不说话，在那里沉思。这是用体物的手法去写人，描写诗人吟诗的状态。

颔联就从首联发展出来，写诗人吟诗的形象。一个是下手写的形象，“毫端蕴秀临霜写”，笔锋好像藏着秀气，当着秋霜写下来。这是从“无赖诗魔昏晓侵”发展出来的，受到诗魔的侵扰，就会提笔写诗，这是在室内。下句是写抬头吟诗，就不一定在室内了，有可能是你写诗,写着写着，抬头看着月亮，思考一会儿。也可能是想不妥了，干脆出门走走。这是从“绕篱欹石自沉音”发展出来的。“口角噙香对月吟”，好像口角噙着花香，对着月亮，念叨你的诗句。写诗要反复念叨，才能把句子推敲稳了。这一句的形象很优美。

颔联要求比较流动，一般是缘情的，但是这首诗的颔联没有缘情，而是描写诗人的外在形象，是体物了。因为对诗人来说，外在形象是比较轻的，比较飘逸流动，内心活动才是厚重的。所以这首诗根据吟咏对象的特殊，做了调整。

颔联体物了，颈联就得缘情了，写诗人写诗时的内心活动。“满纸自怜题素怨”，写的菊花，但是满纸写的都不是菊花，都是自怜，都是素净的哀怨。素净的哀怨，是菊花的，也是诗人的，诗人的情，跟菊花的情，在诗里合二为一了。“片言谁解诉秋心”，这一句两句的话，谁能理解我是在写秋天的心呢？秋心，是菊花的心，也是诗人的心。只言片语，谁能理解呢？这就是诗的状态，诗就是写不能让人看懂的只言片语。

尾联，写咏菊的最高境界，也就是陶渊明。“一从陶令平章后，千古高风说到今。”陶渊明是咏菊的代表，自从陶渊明咏过菊以后，大家都知道咏菊了，都在说菊花的高风亮节。这就是咏物的最高境界，你咏过这个东西以后，让后人千秋万载，都记得这个东西，让这个东西成了有诗意的东西。诗始终还是歌，诗的终极要求，还是共情，你写出一句诗来，让别人能拿去用，这是诗人最欣慰的事。

这首《咏菊》被评为第一，是因为这首诗就是诗人写诗人，是最有身世之感的。有身世之感不一定是好诗，诗人没有身世之感的诗，往往也比不是诗人的人写身世之感要好，但是一个诗人最好的诗，一定还是她写自己的诗，这叫本色当行。在诗歌技巧相同的情况下，写自己的身世之感，总是能得到意想不到的加持。

林黛玉的第二首菊花诗，是《问菊》，去向菊花问问题，这也是诗人才会做的事。如果让你去向菊花提问题，你会问什么呢？

欲讯秋情众莫知，喃喃负手叩东篱。
孤标傲世偕谁隐，一样花开为底迟？
圃露庭霜何寂寞，鸿归蛩病可相思？
休言举世无谈者，解语何妨片语时。

“欲讯秋情众莫知”，“讯”，点“问”。我想要问秋情，但是谁也不懂。那怎么办呢？“喃喃负手叩东篱”，只有到东篱去问菊花了。用“叩”，再点“问”。怎么去呢？背着手去，喃喃地问。背着手，这又是男子的动作，这次社课要求把自己想象成男子。

去了东篱，问了什么呢？“孤标傲世偕谁隐。”你这么高洁，这么超出世间，傲世凡尘，那你最后和谁一起归隐呢？写菊花，有一种诗人的气格。“一样花开为底迟”，一样都是花开，为什么你偏偏迟呢？这里面有很多诗人的怅

清 孙温《林潇湘魁夺菊花诗 薛蘅芜讽和螃蟹咏》

惘。这样的问题，菊花回答不了，诗人也回答不了。

同样是问，颔联还是缘情，问菊花的情。颈联就转入体物，问菊花的现实生活了。“圃露庭霜何寂寞，鸿归蛩病可相思。”在圃露庭霜的地方，在鸿归蛩病的时间，这是体物，然后问，你寂寞吗，你相思吗？其实这两句就不要菊花回答了，是借提问的方式，描绘菊花的形象。

中间四句问了四个问题，是“问”的具体内容。尾联还落到“问”字上。“休言举世无谈者，解语何妨话片时。”用“解语花”的典故，“谈”“语”“话”，都点“问”字。反正我也没别人可以说话，既然花可以解语，那我不妨和你菊花说会儿话吧。

林黛玉的第三首菊花诗，是《菊梦》：

篱畔秋酣一觉清，和云伴月不分明。
登仙非慕庄生蝶，忆旧还寻陶令盟。
睡去依依随雁断，惊回故故恼蛩鸣。
醒时幽怨同谁诉，衰草寒烟无限情。

做梦也是非常强调主观情志的行为。首联先写菊花做梦的场景。“篱畔秋酣一觉清，和云伴月不分明”，这句其实是为了写“不分明”，梦是不分明的，这里用云和月的不分明，来写梦的不分明，就从环境描写转入了梦境的描写。

颔联是缘情的。菊花做梦，会梦见什么呢？这就需要缘情，从情理上去推测。菊花会像庄周一样，做梦梦见自己变成了蝴蝶吗？不会的，因为菊花开在秋天，没见过蝴蝶。所以说“非慕”，“登仙非慕庄生蝶”其实是个倒装句，正常的语序应该是“非慕庄生蝶登仙”。那梦不见蝴蝶，会梦见什么呢？“忆旧还寻陶令盟”，菊花只会梦见陶渊明。菊花在梦里，想起跟陶渊明的旧交情，又去兑现前世的约定了。这里面林黛玉不自觉地又带上了自己的身份。林黛玉的前世是绛珠仙草，她跟贾宝玉的前世——神瑛侍者，是有木石前盟的。绛珠仙草是由神瑛侍者浇灌出来的，就像菊花和陶渊明的关系一样，是一种知己的恩义。菊花的梦里只有陶渊明，因为它没见过蝴蝶；林黛玉的梦里也只有贾宝玉，因为她的前世没有别的记忆。林黛玉的这一生，就是为了兑现木石前盟来的。《红楼梦》本来就是一场梦，这场梦里，大家都像庄周一样，变成了蝴蝶，忘了自己的本来面目。但是这场梦里又没有蝴蝶，只有知己之间的前盟。这也是曹雪芹在菊花诗快收尾的时候，让林黛玉出来点了一下《红楼梦》的大题目。

颈联又是体物的，回到菊花做梦的现实场景。“睡去依依随雁断，惊回故故恼蛩鸣。”在断断续续的归雁下面睡去，又被寒蛩的鸣叫惊醒，于是埋怨寒蛩，干吗把我吵醒，让我不能在梦里继续和知己相会了。“醒时幽怨同谁诉，衰草寒烟无限情。”醒来以后，只看见一片凄凉。这也符合《红楼梦》这部小说的结构。

吃螃蟹与咏螃蟹

写完菊花诗以后，曹雪芹意犹未尽，又安排了个螃蟹诗（第三十八回）。贾宝玉先写了一首，就按着形象说，吃螃蟹的时候什么样什么样：

持螯更喜桂阴凉，泼醋擂姜兴欲狂。
饕餮王孙应有酒，横行公子却无肠。
脐间积冷馋忘忌，指上沾腥洗尚香。
原为世人美口腹，坡仙曾笑一生忙。

“持螯更喜桂阴凉”，拿着螃蟹钳子使劲啃。“泼醋擂姜兴欲狂”，你看他这疯样儿，倒个醋，擂个姜，就能“兴欲狂”。“饕餮王孙应有酒”，这是说他自己呢，吃货王孙，吃螃蟹还得就着酒。“横行公子却无肠”，螃蟹是无肠公子，活着的时候还横着走。“脐间积冷馋忘忌”，中医说螃蟹性寒，不能多吃，可是我一馋就忘了，管不住这嘴。“指上沾腥洗尚香”，吃完螃蟹，手指头上沾着腥味，洗完还有。这都是写吃螃蟹的实景。“原为世人美口腹”，螃蟹本来就是为了让人吃着好吃的。“坡仙曾笑一生忙”，苏东坡曾经写过诗，说“自笑平生为口忙”，这是承着上句说的，苏东坡曾经嘲笑自己，一辈子都为这样的美食忙。尾联有点意思，切合贾宝玉自己“无事忙”的个性，他自己也是“一生忙”，也值当“笑”。

这首诗没有任何兴寄，没有任何含蓄，连双关取巧的话也没有，就是写吃螃蟹什么样，就完了，所有的意思都是字面意思。这样的诗就不好。这样的诗的唯一好处，就是做社会生活史的学者喜欢，一看，这个时代有这么一首诗，说明这个时代有吃螃蟹的，这个时代吃螃蟹是这样的，很高兴。但是从文学的角度说，这样的诗一点意思也没有。所以林黛玉说他，“这样的诗，要一百首也有”。你写一首诗，就把这件事描绘一下，填到格律里去，其实是很简单的，即使你写得再新奇，也很简单，可以批量生产。你说你斗酒诗百篇，结果就写一百篇这样的诗，那也没什么难的。我们写诗，还是要有意趣，要把自我带进去，像这样的诗，句法再熟练，也没什么可贵的。

然后林黛玉也写了一首，写完也不好。从情节上讲，说是她刚才写的菊花诗太好了，这时候“才力已尽”。这种情况是有的，当你写了一篇很满意的作品时，马上再写一篇，就不好了，因为你的思路还掉在上一篇里面出不来，这个叫“才力已尽”。所以说，你在写一篇得意之作以后，不要马上写下一篇，要养几天。这是一条创作经验。从艺术上说，林黛玉这首跟贾宝玉那首一样，还在体物上打转，没有兴寄放进去。

铁甲长戈死未忘，堆盘色相喜先尝。

螯封嫩玉双双满，壳凸红脂块块香。

清 孙温《林潇湘魁夺菊花诗 薛蘅芜讽和螃蟹咏》

多肉更怜卿八足，助情谁劝我千觞。

对斯佳品酬佳节，桂拂清风菊带霜。

林黛玉这首，还是体现她写诗特别用力的特点。“铁甲长戈死未忘”，写得很着力。“铁甲长戈”，很硬，张牙舞爪的，“死未忘”，感情又特别重。但是你这么去写一个螃蟹，又不准备把自我代入进去，就反而显得可笑了。这一句显得不太符合林黛玉的人设，写得比较粗豪，有点像韩孟体。有人说这句体现了林黛玉的“战斗精神”，把这个词用在林黛玉身上，好像我们也不太能接受。但是确实可以看到，林黛玉平时说话也刻薄，写诗也用力，其实是很有力度的。第一句写螃蟹腿儿，第二句写螃蟹身子，“堆盘色相喜先尝”。“堆盘色相”，也挺会形容的。但是没什么意思，就是写了个螃蟹。

颔联是体物。上句还是写螃蟹腿儿，“螯封嫩玉双双满”。下句还是写螃蟹身子，“壳凸红脂块块香”。用“嫩玉”“红脂”来做喻体。但是这么往上堆词儿，其实已经有点过分了。

颈联有点缘情的意思。上句收束前面四句，“多肉更怜卿八足”，宕出去一笔，陪上来一个酒，“助情谁劝我千觞”。然后尾联草草收尾，“对斯佳品酬佳节，桂拂清风菊带霜”。这都快成村夫子体了。总的来说，林黛玉跟贾宝玉是一个毛病，都是光体物了，没有兴寄，就没意思。林黛玉要用力一点。但是没有兴寄的用力，有时候比不用力还糟糕，所以林黛玉说：“我的不及你的。”还不如贾宝玉那首呢。

你注意到一个问题没有，林黛玉特别爱写螃蟹腿儿，为什么呢？我觉得是因为她光吃螃蟹夹子，没吃螃蟹肉。前面写了，黛玉吃螃蟹“不敢多吃，只吃了一点夹子肉就下来了”。吃完还马上就胃疼了，赶紧热热地喝了一点烧酒。这个酒是谁给她倒的呢？当然是贾宝玉。所以她写螃蟹，就按着夹子写。写完又写喝了一口烧酒。还写“助情谁劝我千觞”，谁劝呢，就是贾宝玉劝，所以要写一笔。当然没有千觞了，所以你看诗人说话多不能当真，就林黛玉喝烧酒喝的那么一点，她能给写成千觞。只吃了一点夹子肉，喝了一口酒，所以就只写夹子，再写个酒，这也是曹雪芹的幽默。林黛玉没吃螃蟹的那个福气，当然就写不好螃蟹了。所以写螃蟹还得薛宝钗来，薛宝钗大概脾胃壮，可以尽情吃螃蟹。

薛宝钗写的是：

桂霭桐阴坐举觞，长安涎口盼重阳。
眼前道路无经纬，皮里春秋空黑黄。
酒未敌腥还用菊，性防积冷定须姜。
于今落釜成何益，月浦空余禾黍香。

薛宝钗首联就写得很生动，“长安涎口盼重阳”。然后她这首诗值钱就值钱在颔联上了。“眼前道路无经纬”，因为螃蟹是横着走的。但是这里又带着兴寄，讽刺某些人没道德，没规矩，净横着走。“皮里春秋空黑黄”，螃蟹黄儿是有黄的有黑的，当然是在壳儿里头的，所以叫“皮里春秋”。这也是说人，在肚子里头褒贬，有黄的，有黑的。她借着说螃蟹，就说了人，这就叫兴寄。这种时候要注意，兴寄的时候不能光说人，好的兴寄同时得是好的体物，不能脱离了事物本身的特征去写。螃蟹是横着走，螃蟹黄儿有黄有黑，这首先是螃蟹的特点，而且是螃蟹独有的特点，然后再拿着去说人，才有意思。

颈联兴寄的意味就轻一点，说一个“腥”，说一个“冷”，好像是讽刺某些人，但好像又不是，说得若有若无。讽喻的诗，不用每句都写那么实，好像每一句都能跟一个真实事件对应起来。有像颔联这么实的，其他的句子就不用

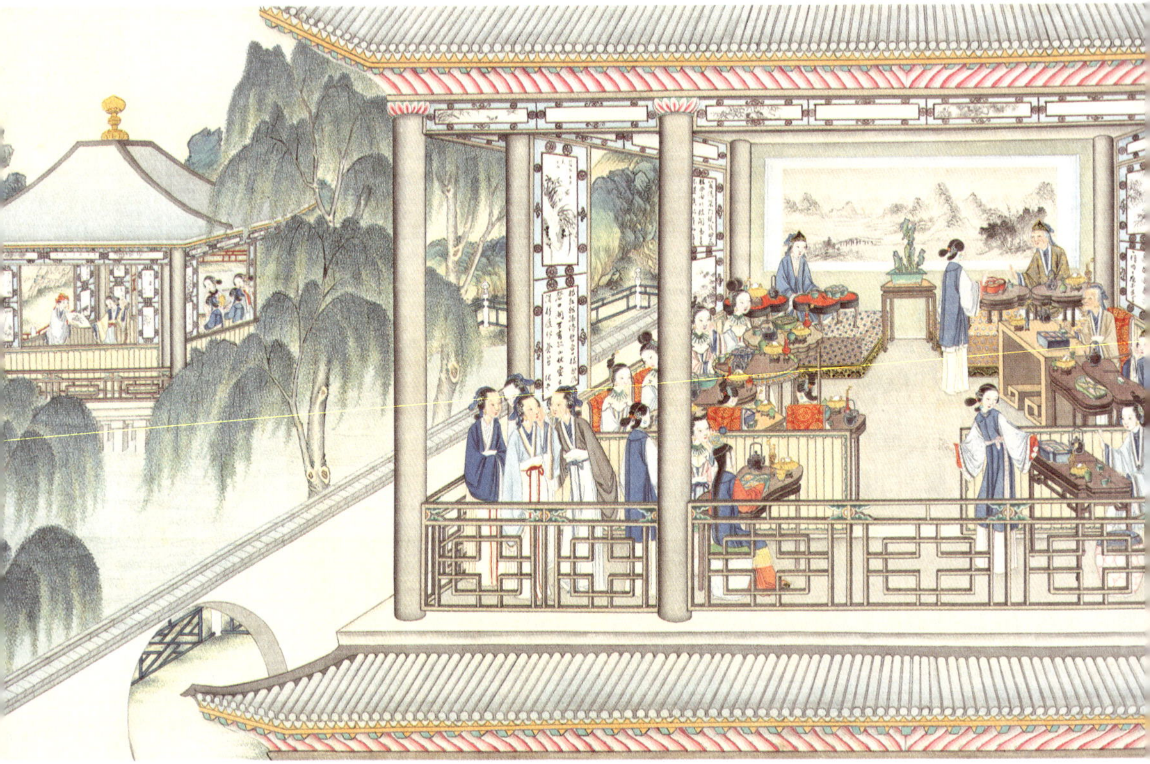

清 孙温《王熙凤摆饭秋爽斋 金鸳鸯三宣牙牌令》

那么实，可以似有似无。

尾联说“于今落釜成何益”，你再怎么横着走，你再怎么皮里春秋，最终有什么用呢，逃不过一个掉锅里让人吃了的命运。“月浦空余禾黍香”，螃蟹被抓走了，水里头就剩稻子了。用“月浦空余禾黍香”暗示螃蟹被抓走了，也很风趣。

这首诗的好处，曹雪芹自己说了，“这些小题目，原要寓大意才算是大才”。越是小题目，越是游戏之作，越要有所兴寄。大题目倒不用，大题目写得太一本正经了，也不好玩。就是小题目，兴寄着才好玩。“只是讽刺世人太毒了些。”曹雪芹说这句话，根本就不是一句批评，就是要讽刺世人才好玩。

诗是要有兴寄才好的。但是所谓兴寄，是在体物时带出来的。你就去认真描写这个东西，然后基于你对这个世界的理解，顺便就把三言两语带出来了，或者把你的人格流露出来了，这个叫兴寄。不是要你去安排，每一句要表达什么意思。让你写诗有兴寄，是说让你光把这个东西写得像还不够，还要写得有意思，不是让你讲大道理。尤其是，兴寄一定要建立在体物的基础上，你的兴寄，不能脱离这个事物的特点，这样才好玩。

这首有兴寄的螃蟹诗，曹雪芹让薛宝钗写，这也是人设的需要。要是让贾宝玉、林黛玉写，人设就崩了。为什么薛宝钗可以写呢？因为薛宝钗是那种会去琢磨人的人，会去琢磨社会人际的道理。这个琢磨，其实跟她写诗温柔敦厚是一致的。写诗温柔敦厚的，就善于琢磨。这个琢磨，对写诗来说，也是好的，聪明人应该去琢磨人。你不能一味地说，这是心机什么的。对世道人心有深刻的体察，不意味着就会去害人，也不会有损于一个诗人的风骨。一首咏物的诗，能把世道人心写出来，这也是一个诗人必要的本事。

漂亮的红梅花

《红楼梦》里还有一组红梅花诗，也是七律。

芦雪广联句那回（第五十回），贾宝玉联得少，大伙儿就罚他，到妙玉那里去要一枝红梅花来。要来了以后，大家就写红梅花诗。

这一组诗有三个人作，把“红”“梅”“花”三个字分给三个人，让她们各自拿这三个字用成韵脚，当然押韵也要用这个韵部的字，这个叫“分韵”。分韵的三个人，都是贾府比较疏远的亲戚，临时来串门的。一个是邢岫烟，邢夫人的侄女，分的“红”字；一个是李纹，李纨的妹妹，分的“梅”字；一个是薛宝琴，分的“花”字。

咏红梅花　　　得“红”字

邢岫烟

桃未芳菲杏未红，冲寒先已笑东风。
魂飞庾岭春难辨，霞隔罗浮梦未通。
绿萼添妆融宝炬，缟仙扶醉跨残虹。
看来岂是寻常色，浓淡由他冰雪中。

咏红梅花　　　得“梅”字

李纹

白梅懒赋赋红梅，逞艳先迎醉眼开。
冻脸有痕皆是血，酸心无恨亦成灰。
误吞丹药移真骨，偷下瑶池脱旧胎。
江北江南春灿烂，寄言蜂蝶漫疑猜。

咏红梅花　　　得“花”字

薛宝琴

疏是枝条艳是花，春妆儿女竞奢华。
闲庭曲槛无余雪，流水空山有落霞。

幽梦冷随红袖笛，游仙香泛绛河槎。

前身定是瑶台种，无复相疑色相差。

这三个人，在《红楼梦》里不是主要人物，就是出场客串一下的。这三首诗其实写得都很一般。他们三个人分韵写完以后，贾宝玉又写了一首，写他去

明 仇英《柳园人形山水图》

妙玉那里要红梅花，那一首写得好。前面的三个人，就是给贾宝玉做陪衬的。

这三首诗，其实写得都比较幼稚，就是形容了一下红梅花，没什么兴寄，而且句法也比较稚嫩，像什么“桃未芳菲杏未红”“白梅懒赋赋红梅”“疏是枝条艳是花”，这都不是什么好句子。都是俗调，有点像戏词，不雅致，甚至不自然。

需要说一下的是，这三个韵脚，不同的韵脚有不同的声音效果，也就有不同的用法。“红”是一东韵，比较雄浑，容易写得比较华丽，但是写不好容易俗。这个韵就给了邢岫烟。因为邢岫烟出身比较寒微，这个人的趣味比较俗。她这首诗就是，非常珠光宝气，但是俗。“梅”是十灰韵，比较暗淡，写悲哀的诗好用，但是写不好就是寡妇腔。这个韵给了李纹。这个韵李纹她姐李纨也用过，李纨确实是个寡妇。可能国子监祭酒家的闺女，都喜欢这个素净的、有点难的韵。李纹这首，也写得比较哀痛，像什么“冻脸有痕皆是血，酸心无恨亦成灰”这种很重的句子。像“误吞丹药移真骨，偷下瑶池脱旧胎”这样的句子，也有贬谪的意思，也是比较哀的。“花”是六麻韵，比较漂亮，但是韵窄，要写漂亮的诗，没几个字好用。这个韵给了薛宝琴，她这个人比较漂亮。她写的“流水空山有落霞”这样的句子，漂亮还是漂亮的。但是，总之这三首诗都是敷衍，都是为了衬托贾宝玉的。

贾宝玉访妙玉乞红梅的这首七律，可以说是他最漂亮的作品之一了。这个红梅花，其实是妙玉的化身，有梅花的高洁，偏偏又那么艳丽，是一个矛盾的存在，就好像妙玉，是一个独立于世俗系统之外的存在。贾宝玉能写好红梅花，其实也是表现他能理解妙玉，跟妙玉惺惺相惜。

酒未开樽句未裁，寻春问腊到蓬莱。

不求大士瓶中露，为乞嫦娥槛外梅。

入世冷挑红雪去，离尘香割紫云来。

槎枒谁惜诗肩瘦，衣上犹沾佛院苔。

首联起得比较自然，比较稳当，交代访妙玉乞红梅的地点。“酒未开樽句未裁，寻春问腊到蓬莱”。第二句，林黛玉说“有些意思了”。第二句单看字面很俗，其实构思很巧。他是把出家人妙玉住的栊翠庵比作仙人居住的蓬莱，他到妙玉那里去要梅花，是“寻春”，那么他就是到仙人居住的地方去“寻春”了。好像是请了仙人的旨意，把春意从仙界带到了人间。

颔联就展开这个“寻春问腊到蓬莱”的意思。“不求大士瓶中露，为乞嫦娥槛外梅。”说你也别为难，我不是来要什么秘不示人的东西，不是要观音菩萨的净瓶的，我就要你槛外的那几枝梅花。这是第一层意思，写得很流动，很风流潇洒。上联说到“大士”，暗点妙玉的尼姑身份，把她比作观音菩萨；下联说“槛外”，梅花是长在门槛外的，是写实，但这又关合了平常妙玉说的，自称是“槛外人”，又把妙玉比作了梅花。“槛外”两个字既是写实，又是用典，用典就要这样用，既用了古人用过的字，又要跟现实的元素关合，这样才有趣。这是第二层意思。林黛玉说“凑巧而已”，说的是这层意思。这么用典，比较巧，但是也是小的技巧。另外还有第三层意思，就是说我看重你，不是看重你庵里有观音，不是看重你这里的佛法，是看重槛外的那株梅花，看重你这个槛外的美人。贾宝玉跟妙玉交往，其实是看重她这个人，并不是真的对佛法有兴趣。这层意思说得有点轻佻了，所以林黛玉也不喜欢。

颈联体物，是一组非常漂亮的句子。“入世冷挑红雪去，离尘香割紫云来。”这是倒装句，句法非常繁复。首先，把梅花比作雪，比作云。但是梅花又是红的，有非常鲜艳的颜色，所以是红雪，是紫云，雪没有红的，云没有紫的，这个搭配就很奇特。然后，冷，是红雪冷，香，是紫云香，但是他不用这

清　费丹旭《十二金钗图·潇湘水云》

两个形容词直接去形容名词，而是拿去形容动词。冷挑，香割。其实按照散文的语序，应该是挑冷的红雪，割香的紫云。但是现在的组合，就好像是冷着挑，香着割，就显得更有诗意。把特别虚的冷、香这样的感受，和特别实的挑、割这样的动作，结合到一块儿了。这就是近体诗的语言，可以跟散文的语序相差非常大。然后他把“寻春问腊到蓬莱”，到妙玉这里来的这件事，解释为短暂的“离尘”，脱离尘世，把离开栊翠庵，说成是“入世”，回到尘世。说我离开了尘世，给你们割了香的紫云回来，挑着冷的红雪，重新回到尘世去。本来是一个现实中的事，被他写得很漂亮，好像是神仙的事一样。而且他还是先说的入世，后说的离尘，没有按事情发生的顺序写，结构非常灵活。这一联，是这首诗的警句。

尾联收束。“槎枒谁惜诗肩瘦，衣上犹沾佛院苔。”这句看起来是写自己，其实是写梅花。是说这个梅花，骨格清奇。槎枒，枝枝杈杈的，就好像一个诗人，瘦瘦的，肩膀很单薄，都见了骨头了，在大冷天里，还耸着肩，更显得瘦了；说这个梅花，就像诗人的肩膀一样，那么瘦，还耸着。这束梅花，是从佛家的院落带出来的，如果说她是个诗人，那她衣服上还带着佛院里的青苔呢。把这个梅花拟人化了，想象很奇特。尾联也非常漂亮，议论得很有意趣。

贾宝玉这首诗，首联平实稳重，稍微弄一点小巧。颔联潇洒流动，用语典。颈联体物，非常厚重，写得非常漂亮。尾联议论得有意思。从章法上说，是一首非常规矩的七律。说明贾宝玉也是个很会写七律的人。

七绝：文人的微博

林黛玉专属文体

我这个系列一直没有讲《红楼梦》里的灯谜和各种跟诗词有关的游戏，因为这些东西虽然也是诗词的形式，但是已经属于俗文化了，离典型的诗词文化比较远了。这里面更多的是表现一种民间的机智，不太讲究诗词的写法。俗文化不是不好，但是讲法跟诗词很不一样。篇幅所限，我这次把这种比较游离的内容先舍弃掉，以后如果有机会，也许还会专门讲。

《红楼梦》里的七绝，有很多都是灯谜之类，包括薛宝琴那一组怀古诗，也是灯谜，所以这次我先不讲。把这些灯谜刨除以后，我们发现，《红楼梦》里写七绝的，只有林黛玉一个人。也没有酬唱诗，她写七绝都是自主创作。

七绝的源头是歌行，最早的时候，七绝就是歌行的一段，或者就是一首小型的歌行。到盛唐的时候，大多数人的七绝就是小型的歌行。像王维、王昌龄、李白他们的七绝，都是小型歌行的写法，一首七绝就是一首歌。后来杜甫出来了，他给七绝换了一种写法，不是写歌了，改成写微博了，变成了生活的记录，用只言片语，记录下一个文人的某种特殊经验。杜甫这种写法，后来影响更大，可以说代替了原来小歌行的写法。中晚唐的七绝，写文人经验的已经很普遍了，到了宋朝，文人写的七绝，基本上都是写个人经验了。

写个人经验的这种七绝，除了都是二十八个字以外，在体式上可以说跟齐梁歌行没什么关系了，可以说是唐代自己的文体。晚唐后期文体巨变之后，七律加七绝的模式取代了五律加歌行的模式。原来七绝作为小歌行的功能，七律就可以承担了，七绝就专心致志做文人的微博了。

七绝作为微博，有它形式上的好处。因为它篇幅短，而且可以对仗可以不对仗，比较方便；但是句子又长，能容纳白话。适合随时想起什么来就写一写。晚唐以后，七绝的功能主要取决于它的这些形式特点，跟它的历史渊源没

清 改琦《红楼梦图·入画咏小螺翠墨》

什么关系了。七律是一种高度艺术化的诗体，但有时候我们不想那么累，就是有什么有意思的东西，想随便记一记，那七绝比较合适。所以七绝没让七律灭了，跟七律共同组成了新的文体系统。

林黛玉写的七绝，都属于新文体系统的七绝，没有歌行体的，文人色彩很浓。这也说明林黛玉这个人物的人设，是《红楼梦》里文人色彩最浓的。只有真正的文人，而且是宋以后的文人，才需要随时提起笔来，写一首七绝，记录点什么。在《红楼梦》里，只有林黛玉有这个需要。

手帕上的眼泪

林黛玉的七绝，一共有两组。一组是《题帕三绝》，写在手绢上的那三首（第三十四回）；一组是《五美吟》，是一组咏史诗。我们先说《题帕三绝》。

眼空蓄泪泪空垂，暗洒闲抛却为谁？
尺幅鲛绡劳解赠，叫人焉得不伤悲！

抛珠滚玉只偷潸，镇日无心镇日闲。
枕上袖边难拂拭，任他点点与斑斑。

彩线难收面上珠，湘江旧迹已模糊。
窗前亦有千竿竹，不识香痕渍也无？

林黛玉的《题帕三绝》写的是什么呢？我认为，这三首诗，没有什么深意。三首七绝一共就写了一个“泪”字。

在小说里，贾宝玉被贾政打了，林黛玉为了他，把两个眼睛哭得像桃儿一样。林黛玉来到人世间，就是给贾宝玉还泪的，所以为贾宝玉哭，这是林黛玉的标志性行为。

林黛玉为贾宝玉哭，当然贾宝玉就要心疼了。他首先是关心林黛玉的身体，说：“你又做什么跑来！虽说太阳落下去，那地上的余热未散，走两趟又要受了暑。”其次要安慰林黛玉，说我不疼：“我虽然捱了打，并不觉疼痛。我这个样儿，只装出来哄他们，好在外头布散与老爷听，其实是假的。你不可认真。”这时候贾宝玉的想法，首先是担心林黛玉的身体，其次是不想让林黛玉担心。

后来王熙凤来了，林黛玉赶紧走了。王熙凤一走，贾宝玉急忙让晴雯去看看林黛玉做什么呢，其实还是担心着林黛玉。晴雯说我平白无故地怎么去呢？怎么也得找个借口，捎点东西什么的。贾宝玉说，那就捎两条旧手绢吧。晴雯就不明白了，捎手绢干什么呢？结果林黛玉看了以后，感动得不行，写了三首诗。

那贾宝玉送手绢到底是什么意思呢？曹雪芹神神秘秘的，一直没有点破，让人以为有多深的意思。其实这个真不用求之过深，贾宝玉想得很简单，送手绢就是给林黛玉擦眼泪的。

贾宝玉送手绢不是送定情信物的意思。贾宝玉这种时候哪还有心情送定情信物？而且他们是一块儿长大的，又不像张生崔莺莺是一见钟情的，哪用得着什么定情信物？为了避免让读者误会是定情信物，曹雪芹还特意让贾宝玉送的旧手绢，还让林黛玉说了一句，如果是新手绢，就不要了。强调是旧的，说明不是送稀罕东西，更不是送信物，而是送实用的东西。

贾宝玉这时候最担心林黛玉，特别是担心她为自己流泪。作为一个暖男，你看见女朋友哭了，你的第一反应是什么？当然是上去给她擦眼泪啊。现在贾宝

清　孙温　《史湘云偶填柳絮词》

臨池看落

玉自己过不去，只能递两条手绢，算是给她擦眼泪了。这说明贾宝玉很了解林黛玉，就知道她现在在哭呢，肯定需要手绢，这是真正的情侣必需的一种默契。

贾宝玉这两块手绢可以说送得非常及时，晴雯去的时候，林黛玉的丫鬟春纤正在那儿晾手绢呢，说明林黛玉确实哭得非常厉害，这一阵子手绢的消耗量非常大。虽然不至于说接不上吧，但是多贾宝玉这两块肯定也不多。这也是写林黛玉为贾宝玉用情之深，哭得这么厉害，光手绢就用了这么多。又写贾宝玉明白林黛玉用情之深，明白她这时候最需要的就是手绢。

清 费丹旭《十二金钗图·黛玉葬花》

所以林黛玉拿到这两块手绢的心理活动。看贾宝玉这么了解自己，明白自己在为他流泪，首先是高兴。然后想，我为他用情这么深，天天地哭，哭都成我的招牌动作了，也不知道最后能如愿以偿跟他做夫妻不能，又觉得可悲。再看他没事送两条旧手绢来，这个行为又很可笑。用情深的事，光看举动，都是可笑的，《世说新语》里好多事就是这样的，因为用情深，做出表面上看起来可笑的事来。送两条手绢来，有送定情物的嫌疑，容易让人说闲话，这个又可怕。

想来想去，林黛玉决定要报答贾宝玉送手绢的情义。怎么报答呢？林黛玉来到世界上就是为了报答贾宝玉的，报答的方式就是用一生的眼泪还他，所以曹雪芹写林黛玉报答贾宝玉，都离不开眼泪。那这次怎么用眼泪报答呢？你送我手绢，我就用眼泪把它哭湿了，这就是报答。

所以还原到现实中来，林黛玉留在手绢上的不是诗，而是眼泪。但是这么写还不够唯美，曹雪芹就让林黛玉在手绢上题了三首关于眼泪的诗，代替她的眼泪。把手绢写满了，就相当于眼泪把手绢沾满了。所以这三首诗的任务不是抒情，而是代替眼泪。它没有更深的意思，就是每一句都在写眼泪。

第一首，“眼空蓄泪泪空垂，暗洒闲抛却为谁？”这是直接写眼泪。“尺幅鲛绡劳解赠”，亏得你送了帕子，来让我擦眼泪，“叫人焉得不伤悲”，但是你送了手绢来，反而更令我伤悲了。为什么伤悲，就是前面说过的，林黛玉的心理活动。

第二首，她回忆自己日常为贾宝玉流泪的情景。“抛珠滚玉只偷潸”，每天偷偷地流泪。那么，流泪的心理状态是什么样的呢？“镇日无心镇日闲”，这是逆挽了一句。后两句具体描写“抛珠滚玉”，“枕上袖边难拂拭，任他点点与斑斑”。

第二首写得比较实，是标准的体物，第三首就虚一点，加一些典故，加一些想象。“彩线难收面上珠”，把眼泪比作珍珠，但是这个珍珠，就是有彩线来穿，也收不住啊，写眼泪是收不住的，这个彩线是想象的。然后她产生了一个联想，想到了一个关于眼泪的神话，说舜死的时候，他的两个妻子娥皇、女英

清 孙温 《林黛玉重建桃花社》

一路在湘水上哭，眼泪落在竹子上，形成了有斑点的竹子，叫湘妃竹。林黛玉想，娥皇、女英那眼泪，都是旧眼泪了，竹子上的泪痕，应该已经模糊了吧。我手帕上的泪痕，可是新鲜的。把手帕上的泪痕比作竹子上的泪痕。由这个比喻，她又进一步产生了联想，我窗前也有竹子啊，我的眼泪有没有让这些竹子变成湘妃竹呢？虽然想象很奇特，但还是没有脱离开眼泪去写。

林黛玉这首其实有一点诗病。湘妃为舜流泪，是妻子为丈夫流泪，而且是活人为死人流泪，现在贾宝玉既不是她的丈夫也不是死人，往小里说，这是用典不恰当，往大里说，这就是忌讳，有不好的寓意。写诗不是不可以丧，但是应该尽量避免让人产生不好的联想，因为这样会让人一秒出戏。你故意丧是可以丧的。这种违碍也不是大的毛病，能回避最好，不回避也就算了。

除此以外，这三首诗就没有更深的兴寄了，它就是写了一个眼泪，代替林黛玉的眼泪，留在帕子上。要从里面发掘更深的意义，恐怕都未免求之过深了。

那么，林黛玉这种写法，每一句都是写泪，是她独创的吗？我认为，她是在模仿李商隐的一首诗，那首诗的题目就叫《泪》，是一首七律，就是每一句都在写“泪”。

李商隐那首《泪》，前六句，一句写一种泪。“永巷长年怨绮罗”，这是失宠宫人辜负了青春，流下的眼泪；“离情终日思风波”，这是在家的妻子思念在外漂泊的丈夫，流下的眼泪；“湘江竹上痕无限”，这是林黛玉也写到的，湘妃思念舜的眼泪；“岘首碑前洒几多”，这是襄阳百姓在岘山碑前，怀念羊祜流下的眼泪；“人去紫台秋入塞”，这是昭君出塞流下的眼泪；“兵残楚帐夜闻歌”，这是虞姬跟项羽生离死别时流下的眼泪。一共六种眼泪，谁跟谁也不挨着，是并列关系。罗列了这么多，最后尾联收束一下，“朝来灞水桥边问，未抵青袍送玉珂。”所有的这些眼泪，都不如灞水桥边，穿着青袍的下级文官，送别知己时流下的泪。前面的六种泪，是用来衬托最后这种泪的，表现他自己送别之泪的哀痛程度。

这种写法，是跟赋学来的。前面铺陈很多，但是这些铺陈都没有很实际的意义，都是在蓄势，最后卒章显志，把前面那六种都抹倒，就为了说最后这一种泪。既然前面的都是要抹倒的，那当然不能有太深的意思。你去一一地考证，前面那六句有什么本事，或者六句之间有什么联系，那就求之过深了。

林黛玉的《题帕三绝》，可能就借鉴了李商隐这首《泪》的写作思路，每一句都是写泪。他写泪不是为了咏泪，不用有寄托，只要保证每一句写的都是泪就可以了。

女版咏史诗

除了《题帕三绝》，林黛玉还写了一组《五美吟》(第六十四回)，吟咏五位“古史中有才色的女子”。《五美吟》属于咏史诗，是属于比较典型的，书写文人经验的诗。

咏史诗其实是一种兴起比较晚的体裁。可以追溯到汉朝的班固，六朝的时候，也有人偶尔写咏史诗。但是近体诗形成以前的那种咏史的写法，跟近体诗的咏史还不太一样。六朝的咏史，基本上是咏怀，写法比较随便，咏自己比较多，不像后来李商隐他们的咏史诗那么精致。

咏史诗的真正兴起，是到了新的诗体系统兴起的时代了，也就是李商隐这个时代。咏史诗的兴起，跟七律七绝这个新的文体系统的兴起，基本上是同一时间，咏史诗也是写七律或者七绝的多。五律的咏史诗也有，但是好像一直没太兴起来。我想大概是因为咏史还是要议论的，五言诗不太好议论。六朝的五言诗有咏史的，但是那时候的五言跟后来的五律还不太一样，那时候的咏史跟后来的咏史也不太一样。

我们今天一说咏史，就想起李商隐，想起他的七律和七绝，首先是因为李商隐确实写得好，另外也是因为，李商隐是比较早用七律和七绝来咏史的，开了一千多年的风气，有一个典范作用。

跟咏史同时兴起的，还有怀古诗。怀古跟咏史还不太一样。咏史是你坐在书斋里，看见书上说古代有什么事，心有所感，吟咏一番，不用到现场去。怀古是你到了这个名胜古迹，去凭吊古人，然后发思古之幽情，你必须得到现场去，得到古人的坟上打卡，这才叫怀古。也就是说，怀古除了写历史，还要写眼前的风景，证明你来过了。所以，怀古诗一般要有写景的句子。怀古诗就是咏史诗加山水诗。没有山水因素的话，严格说来就不叫怀古。像薛宝琴的那些怀古诗，其实就不算怀古诗。

怀古诗跟咏史诗一样，也是晚唐兴起的，也是主要用七律和七绝来写的。晚唐的人处在中古时代的末尾，需要追忆、缅怀的事特别多，所以他们爱写怀古诗和咏史诗。后人的怀古和咏史，都是学他们的。

林黛玉的《五美吟》，属于咏史诗的一种。就是以一个历史人物为题，写一首诗，写好几首，编在一起，就成了组诗。这个体式，可以追溯到南朝刘宋时颜延之写的《五君咏》。颜延之写过一组咏史诗，也是五首，每首写一个历史人物，所以叫“五君咏”。颜延之咏的五个人，是阮籍、嵇康、刘伶、阮咸和向秀，也就是竹林七贤中除去山涛和王戎两个后来不太受待见的人，剩下的五个。这个五君咏，后来唐宋元明历代都有人拟，因为组诗拟着好玩。

颜延之为什么要写五君咏呢？当然，出于对五君的敬仰。但是有没有什么现实的功能呢？我觉得可能有，中古的人写这种组诗，经常是有现实功能的。因为完全自发的话，很难有动机一下子写这么五首。

我给人做诗词评委，很多时候是命题作文。出什么题呢？除了咏物，就是咏史比较合适了，因为人人都有的可写。其实咏史也是咏物的变体，就是把历史人物当成物来咏。很多时候，我们就出一个历史人物当题目，比如嵇康啦，周瑜啦。有时候我觉得好玩，也跟着写一首。

我这么干也是有传统的。中国古代科举考试的时候，考官出了题，都是要自己写一首的，不像现在考作文，出完题就完了，那时候的范文，都是考官自己写的。所以你当考官，自己必须得会写。我出了题，按理说应该自己写一首。

后来我就想，我干脆建一个题库，一次出一堆题，以后慢慢从里面取用。然后我就想，干脆我把诗也都写好吧。想到这，忽然顿悟了，那我写出来，不就是颜延之的《五君咏》嘛！

清 居廉《富贵白头图》

所以我就开了脑洞了，没准颜延之那时候写《五君咏》，也是因为当考官呢，写出来给考生做示范。以当时颜延之的身份，这是很可能的。当然这是我的脑洞了。如果是这样的话，那《五君咏》的题目，可能就是当时出的考题。这或许也可以说明，在颜延之的时代，竹林七贤里面的这五位，已经经典化了，成了大众偶像了。

林黛玉的《五美吟》，跟《五君咏》是可以对起来的。因为林黛玉是女性，所以她就写《五美吟》。这是把美人当君子来写，也是感慨她们的际遇，追思她们的优秀品质。

这五首诗，目前看不出跟小说情节有太紧密的联系，我觉得不排除是曹雪芹自己原来写的诗放进来的。写诗的人写小说，有时候就是会把自己的诗放进去，这个很正常，也不一定就是跟小说情节脱节，可以放得很合适。曹雪芹写《红楼梦》，本来有一个目的就是“传诗”，让别人知道他自己的诗，这几首看起来就很像是曹雪芹在传自己的诗。曹雪芹把自己写的诗，给了自己最心爱的诗人——林黛玉。

这几首诗很像是咏怀型的咏史，是抒发自己怀抱的，这是很典型的杜甫那个类型的七绝，写文人个人情志的。它直接学习的对象，可能就是李商隐的咏史七绝。这五首七绝，就像阮籍咏怀一样，是想到哪儿写到哪儿的，它的结构是链状的，一环套着一环。相邻的两首诗有一个共同的主题，论述一个问题的两个方面，然后再生发出一个新的主题，再去跟下一首诗共用。

前两首诗，讨论了一个生死的问题。第一首诗，写西施，一个绝代佳人，但是死得早：

一代倾城逐浪花，吴宫空自忆儿家。
效颦莫笑东村女，头白溪边尚浣纱。

清　孙温《凸碧堂品笛感凄清　凹晶馆联诗悲寂寞》

“一代倾城逐浪花”，一个绝代佳人，随着浪花远去了，有人说西施是被沉到江里淹死的。“吴宫空自忆儿家”，后人只有对着吴宫的废墟，怀念曾经的美人了。说美人不能永恒，香消玉殒了，到现在连点痕迹都找不到。“效颦莫笑东村女”，东施效颦，大家都笑话她，那么丑的一个女子，想学西施也学不像，但是你别看她这么丑，“头白溪边尚浣纱”。人家活到白头了，还能在溪边浣纱。你西施那么美，那么荣耀，有什么用呢？还不是早早死了，让人想缅怀都找不到地方。这是在思考死亡的问题，你生前再怎么荣耀，死了还有什么用呢？这首诗的结论是，死了的西施不如活着的东施，好死不如赖活着。

但是，曹雪芹又想了，活下去真的就好吗？他又想到了虞姬：

肠断乌骓夜啸风，虞兮幽恨对重瞳。
黥彭甘受他年醢，饮剑何如楚帐中。

虞姬在项羽四面楚歌的时候，在项羽帐中自刎了。但是，如果她活下去会怎么样呢？项羽的谋臣黥布和彭越是活下去了，投降了刘邦，但是后来还是被剁成肉酱了，活下去，也没有好下场。虞姬如果活下去，做刘邦的女人，能有好下场吗？“黥彭甘受他年醢，饮剑何如楚帐中”，你就甘心将来被剁成肉酱吗？与其多活两天，最后死那么惨，还不如现在就死在知己面前呢。这又是说赖活不如好死，或者说，赖死不如好死。这两首诗的意思其实是对起来的。

那到底要不要苟活呢？那取决于你是谁了。如果你是村姑，是东施，那就可以苟活。但是虞姬，她已经做不回村姑了，她如果不死，只能“甘受他年醢”，没有“头白溪边自浣纱”这个选项了。所以，虽然“头白溪边自浣纱”是最好的，但是你一旦成为了君主身边的美人，就只能选择为知己而死了。

这就又引出了一个问题，到底什么算知己呢？我们姑且认为项羽算是虞姬的知己。然而很多时候，你选上了美人，离开了故乡，告别了“头白溪边尚浣纱”的生活，但是你的君主，可能并不是你的知己。比如汉元帝，就不是王昭君的知己。所以又有了第三首诗——明妃：

绝艳惊人出汉宫，红颜命薄古今同。
君王纵使轻颜色，予夺权何畀画工？

对王昭君这件事，曹雪芹的评论是，“君王纵使轻颜色，予夺权何畀画工”。皇上您也太拿美色不当回事了吧，再怎么着，也不能把挑选美女的权力交到画工手上啊。曹雪芹认为，画工怎么画皇上就怎么信，说明皇上对选美这事根本就没上心。这样的人，当然算不上王昭君的知己。所以说，一个男人如果老是不懂你，不是因为他情商低，也不是因为男人都这样，而是因为他对你没上心，这样的人，就不是你的知己。

宋 钱选《招凉仕女图》

项羽是虞姬的知己，汉元帝不是王昭君的知己，所以第二首诗和第三首诗又构成了相对的关系。死在知己面前，比苟活要好，但是前提是对方得是你的知己。

但是，如果主君不是美人的知己，美人要是为主君死了，又怎么说呢？这就引出了第四首诗，写石崇和绿珠：

> 瓦砾明珠一例抛，何曾石尉重娇娆。
> 都缘顽福前生造，更有同归慰寂寥。

曹雪芹认为，石崇也不是绿珠的知己，他为绿珠花那么多钱，并不是重视她的表现。“瓦砾明珠一例抛”，石崇太有钱了，对他来说，明珠和瓦砾也没太大差别，明珠是可以像瓦砾一样随便挥霍的。所以，他花多少钱，拿了十斛的明珠去买绿珠，也不值什么，就相当于拿了一堆瓦砾去买她，并不能算是她的知己。“何曾石尉重妖娆”，石崇什么时候重视过美人呢？你不要看他肯为女人花钱，就是重视女人了。其实他跟汉元帝是一样的。但就是这样，绿珠还是为石崇死了。就为石崇花的那些钱，绿珠不值当还上一条命。石崇能有这样的福气，只能说，他前世积了德了。“都缘顽福前生造”，这得多大的福啊，是“顽福”。“更有同归慰寂寥”，多大的福气，能让绿珠在黄泉路上陪你一程。

这首诗，曹雪芹的男性视角比较明显。说石崇没为绿珠做什么，说他都是前世积的德，这有点像谦虚说自己的语气。他在这儿代入石崇的视角，意思是说我何德何能，能让你这样啊，能这么说的人，其实他一般还是付出不少的。这首诗写到《红楼梦》里，其实还是关合贾宝玉的。说我贾宝玉也没做什么呀，你林黛玉就这样对我，我为你做的，都不值什么，我就是个公子哥儿，我跟谁都这么傻大方。其实贾宝玉还是为林黛玉有付出的。

第三首和第四首也是对起来的。同样是主君付出不多，王昭君只是落寞地远嫁了，绿珠却付出了强烈的感情，还是为主君去死了。王昭君和绿珠的区别

清 费丹旭 《红楼人物》

在于，王昭君只是一个模糊的影子，一个美丽的客体，她的结局是被动的，看不出她自己强烈的自我；而绿珠是有一个强烈的自我的，她为了报答主君而去死，就是她强大自我的显现，绿珠是具有主体性的。

那么，同样是具有主体性，如果主君不是知己，能不能不死呢？曹雪芹说，能，所以他又写了红拂：

长揖雄谈态自殊，美人具眼识穷途。
尸居余气杨公幕，岂得羁縻女丈夫。

“长揖雄谈态自殊，美人具眼识穷途。”说李靖即使在穷困潦倒的时候，气质也跟别人不同，红拂是会看人的，一眼就看出来了。所以红拂是李靖的知己，差不多也可以说，李靖也是红拂的知己，所以红拂就跟李靖跑了。“尸居余气杨公幕，岂得羁縻女丈夫。”这么一个毫无希望的，僵尸一样的杨素，他的宅子，他的幕府，哪能牵绊得住红拂这样的女中豪杰呢？意思是，你该跑就跑。

红拂跟绿珠也是对起来的。同样是在主君不是知己的前提下，绿珠死了，红拂跑了。她们俩的区别是什么呢？区别在于红拂有下家，她找到了新的知己。如果你主君不是知己，只要有了下家，有了新的知己，就可以跟着知己跑，要是整个世界上都没有知己，那可以不跑，可以死。

所以《五美吟》是关于生死和知己的思考。什么光荣都不如活着好，但是如果活着太痛苦，也可以死。如果世界上还有知己，那就不用死，也不用拘泥什么道德观念，如果没有，那可以死，大概是太痛苦了。是不是知己，不是看他肯不肯为你花钱，还是看他肯不肯关注你。这是《五美吟》的一套世界观。由此也可以看出来，《五美吟》是思辨性很强的咏史诗。

词：节奏的游戏

选词牌的学问

最后我们来谈谈《红楼梦》里的词。

《红楼梦》里的词只有一处，就是柳絮词。这也是一次集体游戏，也是很多人参与，也是酬唱，跟七律的地位差不多。柳絮词都是小令。这也是反映曹雪芹那个时代词的生态的。

词本来是流行歌曲，是比较晚才从乐府里走出来的。在旧体诗词的系统里，词是离音乐文学最近的，所以至今在讨论词的时候，我们还要注意词作为诗和音乐文学的双重身份。一首词，是离案头文学近一点，还是离音乐文学近一点，都是要讨论的。

我们知道，词分为小令和长调。小令多数是从花间词那个传统下来的，继承的是晚唐的传统。晚唐的那种词，离歌行更近一点，跟唐诗的关系更密切一点。长调多数是从柳永那个传统下来的，柳永那时候的音乐系统，已经不是花间词那个音乐系统了。严格说起来，花间词跟柳永词是两个文体。柳永的这个传统，其实是最晚从乐府中出来的，音乐文学的色彩更明显一些，离唐诗的系统更远一些。

但是后来，我们就把花间词和柳永词混在一起玩了。因为词的音乐文学色彩慢慢变淡了，变成一种诗了。我们今天就说“诗词”，已经认为诗和词差不多是一个东西了。那么花间词和柳永词的区别，已经没有什么实际意义了，小令和长调的区别基本上只是长度了。但是隐隐地，小令和长调还是有区别的。在清代，还有倾向于写小令的流派和倾向于写长调的流派。

在曹雪芹的时代，这些流派都还没有兴起，大家还是自然继承晚明的词。但是在这个时代，已经有很多人倾向于写小令了。比如跟曹雪芹的爷爷曹寅同时代的纳兰性德，他不是不写长调，也不是没有好的长调，但写得好的还是小令多一些。

跟音乐文学相对的那种诗，我们可以管它叫“徒诗”，就是白的诗，不带谱子的诗。宋代的词，一直没有完全徒诗化。清代的词，在徒诗化的道路上突飞猛进了。词已经变成了一种常用的诗。在清代前期，已经开始有这样的人，他的诗写得一般，但是词写得还很像回事。纳兰性德就是这样的人。到今天，这样的人越来越多了。在《红楼梦》里，词是像七律一样普及的文体，像贾探春这样的人，不会写五律，但是会写词，这也是曹雪芹时代文体状况的真实写照。

在《红楼梦》里，词像七律一样，可以用来唱和，可以比赛，这也是徒诗化的一个表现。能拿来比赛的，必须是诗，写流行歌曲是没法这么比赛的。没有说你写一首歌，我写一首歌，咱俩比赛，那是刘三姐。

词的地位在清代大幅度提高，成为一种跟诗并肩的文体，但是它没有变成诗，仍然是独立的，因为词相对于诗，有它独特的优势。这个优势就是长短句，句子长长短短的，比诗的节奏丰富多了，表达的感情也就丰富多了。这些长长短短的句子可以有无数种组合，也就是组成无数种词牌，节奏可以说是千变万化，这就比原来的七言诗多出来了无数的可能性。我们填词的话，一定要好好利用词的这个优势，把节奏的变化充分发挥出来。至少别用错了。词的节奏复杂，别用得跟你想表达的感情拧巴了。

所以要填好词，得会选择词牌。每一个词牌都有它独特的节奏，也就是说，都有它独特的脾气。看一个词牌的脾气，主要是看它的平仄、韵脚和每句的字数。

词牌的脾气，我们可以叫它“声情”，就是由声音决定的情感。影响声情

清 孙温《林黛玉暇游听悲曲 宝玉问病至宁国府 醉金刚经财尚义侠 痴女儿遗帕惹相

的因素有很多，声情也有各种各样的类型。为了简化问题，我把声情分为两大类、两个方向。一种是薛宝钗型的，一种是林黛玉型的。

清 改琦《红楼梦图咏·宝钗》

林黛玉型的声情，就是比较凄美，比较感伤，有的时候甚至可能过分哀伤了；或者比较激越，感情外露，有话要直说，比较尖锐；再就是比较流动，有不稳定感，好像是美人灯，风吹吹就灭了的感觉。诸如此类的声情，我们说它是林黛玉型。薛宝钗型的声情，就是跟这些相对的方向。比如，不太感伤，甚至有时候还有点快乐，比较有富贵气象；即使难过，也不说出来，语气比较从容，感情含蓄，什么话都不直说，要留半句，多半用形象给你一个暗示；再就是比较稳定。这一类的声情，我们说它是薛宝钗型的声情。薛宝钗型比林黛玉型更适合写快乐，写通达，但是不代表薛宝钗不忧郁，薛宝钗型只是把忧郁压抑起来了，藏起来了。

那薛宝钗型和林黛玉型的声情，都与哪些元素结合呢？

第一，平仄问题。词牌规定的平仄，大多数是符合近体诗要求的。偶尔也有一些特殊的格式，不符合近体诗的要求。符合近体诗要求的，就比较温柔敦厚，比较薛宝钗；不符合近体诗要求的，特殊的格式，叫拗句，声情比较激越，就比较林黛玉。

不过词牌里的拗句只是极少数，一个词牌完全符合近体诗的要求，并不说明它就很薛宝钗。只是说，如果这个词牌里有拗句，那么拗句这个地方得写得特别林黛玉才行。

第二，韵脚问题。词牌有押平声韵的，有押仄声韵的。押平声韵的，就跟近体诗比较接近，比较温柔敦厚，声情就比较薛宝钗。押仄声韵的，声情就比较激越，或者比较凄美，就比较林黛玉。

在平仄的基础上，你还要自己选择韵部。如果你选了入声韵，那就是仄声韵中的仄声韵，也就是林黛玉中的林黛玉，特别凄美，特别激越。如果你选了带鼻音的平声韵，那就是平声韵中的平声韵，薛宝钗中的薛宝钗，就比较浑厚，比较富丽。当然，仄声韵也可以选带鼻音的，那就既雄浑又激越，是比较

清 孙温 《栊翠庵妙玉扶乩玉》

悲壮的声情。

除了平仄，韵脚还有疏密的问题。一般来说，韵脚比较密的词牌，声情比较紧张，情绪起伏比较大，更接近流行歌曲；韵脚比较疏的词牌，最疏无非是像近体诗一样，两句押一次韵，那就比较温柔敦厚，更接近于近体诗。

第三，字数问题。词是长短句，每一句的字数不同，节奏就不同。我们读诗，是两个字一个音步。步就是步子的步，好比我们齐步走，都喊一二一，喊“一”迈左脚，喊“二”迈右脚。迈完左脚迈右脚，就算走了一步。一个音步，也是两个字。比如你现在让一个完全没学过朗诵的小学生念诗，他肯定是两个字两个字地蹦。“白日/依山/尽”“床前/明月/光”。这就是诗的自然节奏，两个字是一个单位。

那么这就有一个问题，如果一句诗的字数是奇数，那么最后一个音步，其实是空了半拍的，会有一个自然的停顿。这一个停顿，我们叫它“休音”，就是“休息的音”。我们中国的诗，一句一般都是五个字或者七个字，歌行里还有三个字的，都是有“休音”的。但是在词里，可能会出现没有休音的句子，也就是一句的字数是偶数，比如四个字，或者六个字。

有“休音”的句子，我们叫它“流动拍”，因为它空了半拍，不稳定，好像随时可以流走；没有“休音”的句子，我们叫它“静止拍”，因为它的音步都填满了，好像齐步走立定了，比较稳定。

一般说来，“流动拍”比较林黛玉，因为它不稳定，给人不圆满的感觉，读起来就比较凄美，而且因为流动，写起来又比较轻快；“静止拍”比较薛宝钗，因为它稳定，有含蓄内敛的感觉，也可以用来写不感伤的内容。

我们的诗是以五、七言为主的，都是流动拍，这说明中国诗的主流还是林黛玉式的，比较凄美、激越。但是词里面是有静止拍的，这是词里面保留的流行歌曲的痕迹，也是词的特点。我们填词，要用好这个静止拍，要写出跟流动拍不同的声情来。

我们在选择词牌的时候，就先要想好，我这首词要表现什么样的情感，是林黛玉型的，还是薛宝钗型的，然后再去选择词牌。要表现林黛玉型的情感，就去找林黛玉的声情；要表现薛宝钗型的情感，就去找薛宝钗的声情。

每一个词牌，都有各种各样的声情因素。可能它韵脚是仄声韵，比较林黛玉；但是节奏又有很多静止拍，又比较薛宝钗。恐怕没有一个词牌是纯林黛玉的或者纯薛宝钗的。我们在选择词牌的时候，就要看它的比例，看这个词牌，是林黛玉的声情多，还是薛宝钗的声情多。或者，我这首词，在什么地方要表达一个林黛玉的情感，或者一个薛宝钗的情感，那么在相应的地方，就得找一个相应的声情，就得选择合适的词牌。在众多的因素里，流动拍和静止拍，对词牌声情的影响又是最大的。

选择词牌有很大的学问，我现在这么一说，你肯定还觉得懵。这个不要着急，我们结合实例看一下，很快就熟悉了。我们接下来就来看看，曹雪芹是怎么给《红楼梦》中的人物选择词牌的。

流动拍：凄清感伤的词

小说里写，史湘云填了个《如梦令》柳絮词（第七十回），大家纷纷表示玩起来，然后抽签决定词牌。这个决定每个人抽到什么词牌的神仙，不是别人，就是曹雪芹。实际上这些词牌都是曹雪芹根据每个人的性格，有意分配给他们的。

贾宝玉、林黛玉和贾探春抽到的词牌，都是流动拍多的；薛宝钗、薛宝琴抽到的词牌，包括一开始史湘云自主选择的词牌，都是静止拍多的。你看这两拨人的性格就不一样，前一拨都是比较感伤的，后一拨都是属于“声调壮”的。

贾宝玉抽了个《蝶恋花》。《蝶恋花》是个特别凄美的词牌。《蝶恋花》押仄声韵，每一句都入韵，韵脚很密，每一个韵脚都是用流动拍煞尾，这都是林黛玉型的特点。只有中间那个九言句，一般在四个字的地方稍微停顿一下，算是一个静止拍，有一点摇曳顿挫的感觉，夹在那么多流动拍中间，显得有一点风情。《蝶恋花》是一个很适合写爱情悲剧的词牌。

但是贾宝玉跳票了，他那首《蝶恋花》没写出来，然后他去帮贾探春写了半首。这是曹雪芹用笔灵活的地方。贾宝玉会怎么写《蝶恋花》呢？我们只能去想象了。

贾探春抽到的是《南柯子》。《南柯子》的声情比较流利，也有凄清的感觉。

清 费丹旭《十二金钗图·探春远嫁》

《南柯子》也是每一句都是流动拍，但是押的是平声韵，而且第一句不入韵，比起《蝶恋花》，就要温柔敦厚一点，更接近近体诗。最后那个九言句，一般也不会断成四加五，而是相当于在七言句的前面加上两个字，等于是加个衬字。所以，《南柯子》这个词牌，词的色彩非常弱。

贾探春这首也没写完，真不愧是贾宝玉的亲妹妹，兄妹俩一个做派。当然曹雪芹本人也是这个做派，《红楼梦》也没写完。贾探春就写了半阕：

空挂纤纤缕，徒垂络络丝，也难绾系也难羁。一任东西南北各分离。

她写柳絮，“也难绾系也难羁，一任东西南北各分离”。她看到的是柳絮的漂泊无定。这两句好像也预示了她将来的命运，要远嫁到异国番邦去，再也不回来了。《南柯子》完全是流动拍，很不稳定，这种漂泊的情绪，跟《南柯子》的声情是相得益彰的。

写了这句，其实贾探春要说的话已经说完了，不必再写了。所以曹雪芹没让她写下去，让贾宝玉续了下阕：

落去君休惜，飞来我自知。莺愁蝶倦晚芳时，纵是明春再见隔年期。

贾宝玉说，“落去君休惜，飞来我自知”。五言句，有点禅宗话头的意思。别惋惜现在，落去了还会飞回来的。“莺愁蝶倦晚芳时，纵是明春再见隔年期。”今年飞走了，明年还会再飞来的，我愿意隔着一年去等，没关系。只要是喜欢，只要是有缘分，等一年有什么关系呢？贾宝玉写的不是一味地感伤，而是有所开解。他的开解，是用深情去开解，在开解中自有一种感伤。这种词要求唇吻流利，就是一点都不能顿住，一口气下来，非常流畅，非常快的感觉。

到林黛玉本尊，当然得给个特别林黛玉的词牌，曹雪芹给的是《唐多令》。

粉堕百花州。香残燕子楼。一团团逐对成毬。飘泊亦如人命薄，空缱绻，说风流。　草木也知愁，韶华竟白头！叹今生谁舍谁收？嫁与东风春不管，凭尔去，忍淹留。

《唐多令》这个词牌，其实很别扭。它是以流动拍为主的，总体声情是感伤的。它的韵脚比较密，上来就五个字一韵，但是后面节奏就拖慢了，七个字一韵，然后十三个字一韵。最疏的一韵放在最后，其实挺别扭的，不容易结好。

不但如此，第三韵还冒出来一个静止拍。三加四，这是典型的俗乐的节奏。我们今天的戏词，还有类似的节奏。前面拉开了说了两韵，这儿出来一个静止拍，突然顿住，后面还得继续拉开了说，这个也很别扭，不容易写好。

最后结的那一韵，又是用两个三字句结。用两个三字句作结，在长调里比较好用，有一种特别凄婉的声情，好像是欲言又止一样，有点哽咽，往往有很多言外之意。但是你要有言外之意，得有前面长调的铺垫才行。《唐多令》这么短的一个小令，也用三字句作结，其实挺不容易写好的。

林黛玉的《唐多令》里有一句，“空缱绻，说风流”，这六个字，可以用来形容《唐多令》这个词牌的声情。再简化一点，用两个字来说，就是“缱绻”。一个小令，就用三字句作结，还要以流动拍为主，韵脚还密，中间还插一个静止拍，顿挫一下，风情一下，整个就是“缱绻”的感觉，袅袅娜娜的。但是这么袅娜缱绻的一个词牌，偏偏还不是仄声韵，而是平声韵。这就意味着，这个词牌还不能写得凄厉了，还要柔和。节奏要缱绻，韵脚要柔和，写出来其实是一种压抑的声情。我们写的时候，要拿捏好这个压抑，不能写得太尖新了，要

清 孙温 《琉璃世界白雪红梅 脂粉香娃割腥啖膻》

哀而不伤。就好像一个悲痛到极点的女人，没有眼泪，说话的声音低低的，说半句留半句，悲伤但是很温柔地看着你。我理解，《唐多令》应该写出来是这样的感觉。

林黛玉的这首《唐多令》，两个结句都结得很稳。上阕是“空缱绻，说风流”，下阕是“凭尔去，忍淹留”，都写出了三字句的感觉，那种缱绻，那种依依不舍。中间的“叹今生，谁舍谁收”，也是警句，充分利用了这个静止拍。大家评价这首词说，“太作悲了，好是固然好的。”林黛玉写的当然是好的，但是“太作悲了”，这四个字，同时也是《唐多令》的声情特点。

我们自己填这个词牌的时候要注意，首先，这是一个很难的词牌，很不容易写好，所以不要轻易填，不要因为林黛玉填过就去填。其次，如果你实在要填这个调，那么要注意每一句的声情特点。韵脚密的地方要写出乐府的感觉，静止拍顿住的地方要自然，出来三字句的时候要写出三字句的那种缱绻，不能有仓促的感觉，还要把握好平声韵的那种压抑的声情，不能写成《贺新郎》了。

这是柳絮词里两个流动拍为主的词牌，曹雪芹都给了合适的人。纯流动拍的《南柯子》给了贾探春，预示她漂泊无定的命运，后面让贾宝玉续了半截禅宗偈子，也是适合流动拍的。既流动又难的词牌，给了林黛玉。说明曹雪芹在选择词牌的时候，也是考虑到人物特点的。

静止拍：“声调壮”的词

柳絮词的另外几个词牌，史湘云的《如梦令》、薛宝钗的《临江仙》和薛宝琴的《西江月》，都是以静止拍见长的。你看着三个人就知道，这三位都是属于“声调壮”的。如果你想填乐观的、放达的内容，可以选择这三个词牌。

史湘云填的是《如梦令》。这个词牌除了中间一个不入韵的地方是五言，有个变化，其他都是静止拍。这个词牌主要是六言句，六言句多，是俗乐的特点。这个词牌最有特点的地方，是中间那两个二言句，一般要重复。据说这个词牌最早定体，这个二言句填的是“如梦，如梦”，所以才叫《如梦令》。这个节奏，非常有俗乐的特点。填《如梦令》的时候，我们一定要把这两个字经营好。除此以外，《如梦令》押的是仄声韵，所以不会显得太沉闷。静止拍、特殊格式、仄声韵，这都是接近乐的特点。这是一个娱乐性很强的词牌。

李清照有两首比较著名的《如梦令》，都是娱乐性很强的。一个是“常记溪亭日暮”，回忆她少女生活的；一个是“昨夜雨疏风骤”，写她跟侍女娇情的。都很有生活趣味。当然你说背后有一层悲剧的底色，那是有的，一个真正的词人，写什么都不会丢掉这层悲剧的底色。但是在字面上，这两首词的语气其实是轻松的，调笑的，写的是生活中的小情趣。《如梦令》是一个娱乐的调子，你如果用太悲痛的语气去读，其实是不对的。李清照是一个文体意识很强的人，她主张词就要有词的样子，不能写成诗。李清照写《如梦令》这种音乐色彩很强的词牌，当然会把词牌的本色写出来。尤其是最后二言句那个地方，都有很强的调笑意味。像“争渡，争渡，惊起一滩鸥鹭”，很有生活气息。另一首的“知否，知否，应是绿肥红瘦”，也是大名句，口语色彩很浓，想象很奇特，其实也是很有生活情趣的。“绿肥红瘦”这样的话，其实应该调笑着去读，不要哭着去读。

在《红楼梦》里，史湘云写《如梦令》，是即兴写的，也有很强的调笑意味：

岂是绣绒残吐，卷起半帘香雾，纤手自拈来，空使鹃啼燕妒。且住，且住！莫使春光别去。

这首词就像她自己说的，是“纤手自拈来”，是写着玩的。前面三个六言句，都是拿一个很齐整的四个字的词组放在后面押韵，“绣绒残吐”“半帘香雾”“鹃啼燕妒”，前面放两个衬字，很像是酒席上行令，忙着赶着押韵，写得很容易。最后务头那几句，“且住，且住”，是一个呼唤的语气，叫得很亲切，把《如梦令》最有特点的这个声情写出来了。“莫使春光别去”，这也是祈使的语气，好像是在跟柳絮说话一样，很口语化。

《如梦令》这个词牌，乐的成分多，诗的成分少，所以虽然娱乐色彩浓，但是并不雄壮。这也像史湘云这个人，能开玩笑，但是没有什么浑厚之气。如果你想填娱乐性的，写生活情趣的，但是想带一点柔媚气质的，就可以选择《如梦令》。

曹雪芹给薛宝琴的，是《西江月》，这个词牌的特点，就像众人对薛宝琴的评价一样，是“声调壮”。《西江月》这个词牌，一阕四句，句句都押韵，韵脚很密，而且四句里有三句都是六言，静止拍占了多数，只有第三句是七言，调节一下。《西江月》还有一个非常特殊的规定，就是每阕的结句是押仄声韵，

清 孙温 《老学究讲义警顽心》

跟前面的平声韵押同一个韵部，等于是形状一样，但是颜色突然从亮转暗了。这个词牌的音乐性也很强，跟六言诗很接近，可以当俗体来写，可以写一些欢快的、调笑的题材。如果选用带鼻音的韵母，更可以显得雄壮有力，尤其是最后变成仄声的那一下，很有劲。曹雪芹给薛宝琴挑的也是东韵，最洪亮的一韵，配上《西江月》这个词牌，尤其显得“声调壮”。

《西江月》这个词牌，辛弃疾很爱用，因为他写豪放词，这个声情很对他的胃口。辛弃疾的豪放词，有两个特点，一个是用典故，一个是用口语。薛宝琴来写这个词牌的话，她毕竟是闺秀，不好像辛弃疾那么粗豪，但是用典故和用口语这两个特点，还是有体现的：

汉苑零星有限，隋堤点缀无穷。三春事业付东风，明月梅花一梦。　几处落红庭院，谁家香雪帘栊？江南江北一般同，偏是离人恨重！

“汉苑零星有限，隋堤点缀无穷。”这个算是用典故。这里面有点像骈文的铺陈，感情也像四六文一样，是往回收着的。“几处落红庭院，谁家香雪帘栊？”这个算是用白话，很口语化，小说里认为这是警句。两个仄声韵的结句也都结得很有力。“明月梅花一梦”，这个声音很美，把形象推给你，有无限的言外之意。“偏是离人恨重”，这个口语表达很有力量，发挥了《西江月》“声调壮”的特点。

曹雪芹给薛宝钗的词牌，是《临江仙》。这个词牌按比例说，其实还是以流动拍为主的，整体的声情还是比较接近诗的，所以古代的文人喜欢拿这个词牌当诗写。但是这个词牌的开头，有一个特点很突出的静止拍。第一韵是由一个不入韵的七言句，和一个入韵的六言句组成的。刚拉开调子要唱，马上就拿静止拍顿住，所以这个静止拍给人的印象很深刻。这个地方要把前面拉开的调子收起来，必须得放一个镇得住的句子。《临江仙》还有一个变体，就是开头两句都是六言，那静止拍的特点更明显。薛宝钗取的这一体，还是七加六，更有顿挫感。

填《临江仙》的时候，一定要把这个六言句经营好。这个地方要写出俗乐的感觉来，要敦厚、豪迈，能用白话就用白话，要给人留下深刻的印象。这一句，要说在诗里不敢说的话。后面都是流动拍，就可以放飞了，当诗写就可以了。前面的六言句如果豪迈过头了，后面的流动拍可以给缓缓地拉回来。薛宝钗虽然也是“声调壮”，但是她毕竟是主角，也是很有文人气质的。所以曹雪芹给她安排了这么一个词牌，在豪迈中有一点文人气。

这个词牌的务头，一个是在那个六言句，一个是在上下阕的结尾，这两个地方，要撑得住。薛宝钗这首词，也是符合这个要求的。薛宝钗的思路是，大家写的柳絮词都“过于丧败”了，“偏要把他说好了，才不落套”。所以，她每句都是围绕着柳絮怎么好来说的：

白玉堂前春解舞，东风卷得均匀。蜂团蝶阵乱纷纷。几曾随逝水，岂必委芳尘。　　万缕千丝终不改，任他随聚随分。韶华休笑本无根，好风频借力，送我上青云！

一上来，“白玉堂前春解舞”，柳絮是“解舞”的。“东风卷得均匀”，这个静止拍立住了，很扎实。字面新鲜，又很形象，史湘云特别赞赏这一句。这一句特别能看出“声调壮”的这一体的特点，很有笔力，一笔写下来，画面就出来了，好像一阵春风吹过来，把柳絮这么“卷”起来了，有作用的力量在里面。

后面几句，流动拍。“蜂团蝶阵乱纷纷。几曾随逝水，岂必委芳尘。”别看春天蜜蜂啊蝴蝶啊这么乱，别看柳絮也是跟它们一样乱哄哄地飘着，其实这个柳絮心里是有主意的。它哪里跟着水流走了，哪里一定会落在尘土里啊。这话是硬说，柳絮就是跟着水流走了，就是落在尘土里了。薛宝钗这么说，是有她的寄托。别看我这么随和，好像怎么都行，好像随心所欲，今天这么着，明天那么着，其实我有我的心眼儿，不是让你牵着鼻子走的。随心所欲跟墙头草，那是完全不一样的存在。

没有落到水里土里，这个柳絮能上哪儿呢？柳絮可以往天上飞。“万缕千丝终不改”，这是承着上阕的结句说。换头的地方，把上阕的意思延伸到下阕来说，这叫“句断意不断”，是乐府的一种玩法。薛宝钗这种无情的人，这种随缘的人，其实她心里是有着绝对不能改的东西的。“任他随聚随分”，这个静止拍也说得很硬气。不管是缘分到了，聚在一起，还是缘分尽了，再分开，我都无所谓，因为我“万缕千丝终不改”，在我看来，这千千万万的变化，都是不变的。柳絮也是，被风吹着，一会儿聚在一起，一会儿散了，但是柳絮就是柳絮。“韶华休笑本无根”，你别笑这个柳絮没有根，到处飘来飘去的，没有根有没有根的好处，“好风频借力，送我上青云！”风一吹，我想飞到云上面去，就飞到云上面去。这个“无根”，不是理解为出身卑贱，而是说没有羁绊。没

清 费丹旭《十二金钗图·迎春理妆》

有羁绊有没有羁绊的好处，我可以自由。你别以为我没有根就会落到水里土里了，我是要飞到云上去的。这一句说得很豪气，也成了薛宝钗的标志性诗句之一。薛宝钗是一个无情的人，无情并没有让她落到水里土里，没有让她变得不可爱，她还是“任是无情也动人”，无情只是让她获得了更多的自由。

后面的这几句流动拍，又有点文人诗的意思，薛宝钗在抒发她的主观情志，为柳絮做翻案文章。薛宝钗的这种豪气，跟史湘云和薛宝琴的豪气又不同，她的豪气是用流动拍表现出来的，不是乐的豪气，是诗的豪气，是一种文绉绉的豪气。

《红楼梦》里的词，我就介绍到这里。关于《红楼梦》中的诗词文化，我也先说这么多。《红楼梦》是博大精深的，我这么蜻蜓点水地说一说，难免挂一漏万，只能是展示一下我最有感想的地方。期待以后有机会能和大家讨论更多的内容。